Le testament de Massoud

A ha fac ... JANVIER

De ... 2u

Beauf. ~Jean. Claude

BXL. 31.05.08

PHILIPPE MORILLON

Le testament de Massoud

PRESSES
DE LA
RENAISSANCE

Ouvrage réalisé
sous la direction éditoriale d'Alain Noël

Si vous souhaitez etre tenu(e)
au courant de nos publications,
envoyez vos nom et adresse, en citant ce livre,
aux Éditions des Presses de la Renaissance,
12, avenue d'Italie, 75013 Paris.
Et, pour le Canada,
à INTERFORUM Canada inc.,
1050, bd René-Lévesque Est,
Bureau 100,
H2L 2L6 Montréal, Québec.

Consultez notre site Internet :
www.presses-renaissance.fr

ISBN 2.7509.0000.X

*Personne n'aime faire la guerre.
C'est une épreuve imposée aux
peuples.*

Ahmad Shah Massoud

1

9 septembre 2002. Soir d'une fête funèbre : la célébration à Kaboul du premier anniversaire de la mort du commandant Massoud. Une foule grouillante d'hommes, d'adolescents, d'enfants, de femmes en burkha, de rares jeunes filles dévoilées, est venue se recueillir, dans un bruissement de murmures, de soupirs, de cris, de lamentations, de prières et de pleurs, autour de l'autel qui a été dressé sous un immense portrait du héros de l'Afghanistan, dans le grand stade de la capitale. Cette même foule, alourdie de colonnes de fidèles venus des campagnes avoisinantes, s'étire mainte-nant au long des soixante kilomètres qui séparent Kaboul de la vallée du Panchir où se dresse le mausolée de Massoud. À chaque village, mon 4×4 est bloqué, il faut avancer au pas, prendre garde de ne bousculer personne, ce n'est pas du roues dans roues, mais du portières contre flancs de mulets, du pare-chocs contre culs de carrioles, avec la gro-gne des chauffeurs et des VIP locaux ou étrangers,

avec l'énervement mais aussi un évident respect pour cette dense marée beige, brune et grise, de turbans, de *pakol*, de houppelandes : hommes de tous âges aux pieds poudreux dans leurs savates de cuir ou leurs rangers, petit peuple et moudjahidin comme issus de la poussière, pour qui le temps n'existe pas. Les plus vieux d'entre eux, traits burinés, barbe grise ou blanche, peau tannée par le soleil et les neiges d'innombrables saisons, s'appuient sur des bâtons. Dans cette foule, des estropiés réchappés des combats, progressant plus lentement encore, sur leurs béquilles. Oui, il s'agit bien là d'un pèlerinage.

Parti à 3 heures de l'après-midi, je n'arriverai pas avant 19 heures, laissant mon véhicule en arrière, pour parcourir le dernier kilomètre à pied, jusqu'au col qui domine la vallée du Panchir, juste avant l'oasis de Bazorak ; point culminant sur lequel Massoud faisait stopper systématiquement ceux qui venaient lui rendre visite. Je revois son profil d'aigle, son bras tendu, sa paume ouverte présentant son domaine à l'ami que j'étais. Panorama somptueux de l'oasis. Je retrouve mes impressions premières, esthétiques et militaires. J'apprécie la position stratégique, et me viennent à l'esprit des mots techniques, l'endroit, avec son goulot d'étranglement, constitue une sorte de « tube de Venturi », du nom de ce physicien italien du début du XIXe siècle qui s'était illustré par ses travaux hydrauliques. Il avait construit la tuyère à cônes divergents qui porte son nom, il avait inventé un tube comportant un rétrécissement utilisé pour la mesure du débit des fluides – principe utilisé dans la construction des carburateurs d'autrefois. Valence, dans la Drôme, est un col de Venturi. Ici, la même topographie engendre le même phénomène. Dans le majestueux couloir naturel s'engouffre en permanence un grand souffle glacé l'hiver, brûlant l'été. Nous sommes dans la tiédeur de septembre.

C'est là qu'a été bâti le mausolée d'Ahmad Shah Massoud, dominant la vallée du fleuve Panchir, dont les flots torrentueux, contraints jusqu'alors par les flancs des montagnes mais libérés enfin, s'étalent, s'abandonnent, pour donner vie à l'oasis. Dans le lointain, la masse verdoyante des figuiers, des mûriers, des arbres fruitiers, des cultures maraîchères. Sur cette terre fertile, lorsque, à cause de la guerre, les temps se font plus durs, les gens survivent en se nourrissant de galettes de mûres : du sirop séché, durci, qui prend l'aspect de galets. Désespoir des ennemis : « Comment venir à bout de gens qui ne mangent que des pierres ? »

Coup d'œil circulaire sur les crêtes des montagnes, je retrouve la sensation d'autrefois, de désolation minérale, avec, en plus, cette émotion

qui m'étreint... L'angoisse à la vue du seul élément qui ait modifié le paysage : le mausolée de
Massoud, dressé dans la lumière du soir, et dont
l'ombre s'allonge, tel un verrou symbolique,
défendant la terre pour laquelle il a donné sa vie.
C'est une bâtisse octogonale surmontée d'une
coupole, mais pas encore achevée. Il existe des
tombeaux semblables à Kaboul, pour la famille
royale. Toutes proportions gardées, je songe à un
Taj-Mahal en réduction, la netteté des murs de
pierre s'orne de rinceaux, de festons, de calligraphie dorée. Par son architecture, ce mausolée
tient de la simplicité d'un petit marabout du
Maghreb et de la magnificence dévolue au prince.
On y pénètre par une ouverture – pas encore une
porte – masquée par une tenture. On doit se
courber, signe d'humilité, et ne pénétrer qu'un
par un, tant la porte est étroite, pour accéder à
une unique pièce carrée d'environ sept mètres sur
sept. Au centre, le tombeau, ou, plus exactement,
le sarcophage.

Les pèlerins passent en file indienne, ils sont
si nombreux qu'on ne leur laisse pas le temps de
s'arrêter. Dans ce lieu dont les murs résonnent
lorsqu'il est vide, règne une sorte de compacité
de l'humain : chuchotements, sanglots, soupirs,
prières. Inclinaisons des têtes ou des bustes,
mains tendues un instant vers le héros, racle-
ment des semelles sur le dallage, densité des res-

pirations. Ils font le tour, puis ressortent... Je suis, quant à moi, arrivé avec la famille et les proches de Massoud. On m'a accordé ce privilège. Le flux des pèlerins a été suspendu pour quelques instants. Dans le mausolée désormais vide, nous nous répartissons. Sediqa, la femme de Massoud, n'assiste pas à la cérémonie, seuls sont présents les hommes, car cet adieu aux armes constitue encore une forme de combat. Massood Khalili, compagnon de Massoud, à son côté au moment de l'attentat et qui en souffre encore dans sa chair, a posé son bras sur les épaules du jeune Ahmad Massoud, treize ans, le fils de Massoud. Il est son parrain. Il s'adresse longuement au commandant. Dans cette belle langue rythmée qu'est le farsi, ses paroles sont une mélopée, une incantation, une longue prière, une liturgie. Ahmad est concentré, impassible. Enfin, il se laisse aller à pleurer en silence. Il ressemble à son père, regard sombre, profil identique, traits impérieux, avec la fraîcheur, mais aussi la gravité de l'enfance blessée. À l'évidence, celui-là chasse de race. Tous ceux qui l'approchent ressentent sa légitimité : le lionceau du Panchir.

Je me fonds dans ce rituel de communion familiale, songeant à mon propre credo : « Levez-vous », a dit le chef de notre chrétienté, lui qui nous donne chaque jour une leçon de courage, refusant le laisser-aller et le repli sur soi. « N'ayez pas peur, le Christ a vaincu la mort. » De la résurrection de la chair et de la vie éternelle, je ne sais rien, ni ne prétends rien savoir, sinon que nous serons rendus à une vie réelle qui respectera notre décision ultime au moment de la mort. Lorsqu'au dernier instant le Père nous interrogera : « M'aimes-tu ? », il respectera notre réponse. Soudain, j'entends mon nom : Massood Khalili vient de prononcer en anglais : « Ahmad Shah, nous sommes là aussi avec ton ami Morillon. » Cette cérémonie privée, familiale, précède l'inauguration officielle du mausolée prévue pour le lendemain. Mais je n'y assisterai pas. Je ne suis venu que pour un intime et précieux instant. Pour un muet dialogue avec Massoud, qui ne durera que quelques secondes.

Son corps repose dans son sarcophage. Je ne peux ni ne veux l'imaginer. Cette ligne noire, dans l'absolu de l'obscurité, je sais que Sediqa en parle aujourd'hui avec sérénité. Pour d'évidentes raisons politiques, on lui avait caché l'issue fatale de l'attentat ; elle avait gardé l'espoir de sa survie, même s'il devait rester estropié. Elle imaginait même une nouvelle organisation de son existence, réflexe de tendresse féminine, bien qu'il n'eût jamais caché vouloir mourir plutôt que d'être infirme et inutile à son peuple. Ses plaies étaient terribles. Mort, elle voulut le voir : « Malgré ses blessures, il était très beau. » Elle garde pour toujours la vision d'un être apaisé, ayant accompli ce qui devait être.

Je m'adresse à lui. Nous ne nous étions guère tutoyés, sauf à de rares moments, lorsque nous n'avions rien d'autre à l'esprit que la guerre, et qu'en moi il ne voyait plus un visiteur occidental, mais un officier général, un grand ancien. Alors, en français qu'il parlait avec finesse au cours de conversations privées, surgissait le « tu ». Voici ce qu'au secret de mon cœur, je murmure : « Puisque tu l'as voulu – car tu crois à la survie –, je te jure d'aider ton fils et ton pays. »

Le Prophète a dit : « La Vertu, ce n'est pas tourner son visage vers l'Orient ou l'Occident ; c'est croire en Dieu, au jour dernier, aux anges, aux Livres et au prophète ; c'est, en outre, donner... » La famille de Massoud me demande aujourd'hui de participer à la fondation qui porte son nom. Je me dois de répondre à cet appel dont j'ai la certitude qu'il me vient de Massoud lui-même.

*

Qui est Ahmad Shah Massoud ? D'où vient-il ? Quel est son itinéraire ? Né le 1ᵉʳ septembre

1953 à Jangalak, dans le Panchir, il est le fils d'un commandant de police, Dost Mohammad Khan. À l'âge de cinq ans, on l'inscrit à l'école de Bazorak. Son père ayant été promu chef de la police à Herat, le voilà bientôt à l'école Mowaffaq, tandis que son éducation religieuse lui est dispensée à la mosquée Masjid-i-Jami. Quelques années plus tard, son père est muté à Kaboul. C'est là qu'il va apprendre notre langue. De sa jeunesse dans la capitale, de ses études au lycée français Istiqlal (« Indépendance »), de son origine bourgeoise – son père est devenu colonel –, il tire cette aisance avec les Occidentaux qui tranche avec la rigidité des autres dirigeants de la résistance afghane. À l'issue de ses études secondaires, il s'inscrit à l'École polytechnique de Kaboul pour suivre des études d'architecte qu'il n'achèvera pas. Il sera en effet entraîné dès la sortie de l'adolescence dans le tourbillon des années de cendre afghanes. Au début des années 1970, il rejoint les mouvements islamistes qui luttent contre le régime procommuniste, il est alors amené à se réfugier au Pakistan... surprenant destin dont nous reparlerons plus tard. À l'arrivée des Soviétiques, il est de retour dans son pays jusqu'à la victoire finale, puis il s'oppose sans relâche aux intégristes Talibans à la solde des Pakistanais. Me revient en mémoire qu'à la question : « Vous sentez-vous avant tout Afghan, musulman, Tadjik ou Panchiri ? », Massoud répondit : « Je suis avant tout un Afghan et un musulman qui réside sur cette terre. »

Aujourd'hui les Afghans entreprennent la reconstruction du pays avec l'aide de la communauté internationale et sous l'autorité du gouvernement présidé par Hamid Karzaï. Les conditions de cette reconstruction sont plus que précaires : économie en ruine, corruption, afflux de réfugiés à Kaboul, instabilité des territoires où perdurent les fondamentalistes. Des élections sont prévues fin 2004, qui devraient affermir la démocratie. Avec la perpétuelle angoisse d'un retour au chaos. Tout reste à faire si l'on veut éviter que ne se rallume la guerre civile.

Dans ces conditions, la fondation Massoud a pour but de pérenniser son souvenir, mais surtout d'accomplir son projet pour l'Afghanistan. Son testament spirituel est entre les mains de son jeune fils, Ahmad, de son frère cadet Ahmad Wali, ambassadeur à Londres, du docteur Abdullah, ministre des Affaires étrangères de l'actuel gouvernement, de son directeur de cabinet Mehrabodin Masstan, et d'autres personnalités que l'on découvrira plus tard.

J'ai quitté le mausolée avec une sensation de sérénité : cette bâtisse dominant un paysage âpre et grandiose, dessinée pour un homme qui négligea d'être roi pour choisir le chemin de la justice et de la liberté, lui convenait bien. Tout y était à sa mesure. Curieusement, le plus vif souvenir que je garde de lui n'est pas celui de notre adieu à Strasbourg, lors de notre ultime rencontre, mais en Afghanistan, un an plus tôt, lorsque je remontai dans l'hélicoptère. Il m'avait offert un gros caillou bleu, fragment de sa montagne à l'état brut : un lapis-lazuli.

2

Cette pierre ne quitte pas ma table de travail, elle me sert de presse-papiers. Je l'ai posée sur la pile des documents qui me permettent de raconter avec précision mon aventure avec Massoud. Ses angles sont plus aigus que les crêtes du Panchir, sa couleur bleue très pâle est repérable, c'est l'une des rares nuances du spectre que je perçois au naturel. Je puis l'avouer aujourd'hui, maintenant que je suis à la retraite : je suis daltonien. Je m'en suis soigneusement caché lors de mon entrée dans l'armée – espérant, pour le Jugement dernier, que Dieu me pardonnerait cette dissimulation. Avec de bons yeux, j'eusse probablement été marin, j'adore la mer. Dans les années 1950, époque de mon recrutement, les examens se déroulaient dans le noir, on passait des tests chromatiques ; il fallait observer des jeux de couleurs et en faire la description. Là où vous percevez quelque chose, je ne vois rien, et là où vous ne percevez rien, je n'hésite pas, moi, à voir des choses magnifiques. Les médecins ne faisaient pas le décompte des hommes, ils n'arrêtaient que ceux qui avaient failli. Je suis donc passé à la faveur de l'obscurité, sans m'arrêter, bouche cousue, à pas de loup. Je n'ai pas été repéré, mon nom n'a pas été marqué. Pas vu, pas pris... À quoi tient une vie ?

Sous ce lapis-lazuli, un document daté du mois de mai 2000, provenant de la diaspora afghane, ou, plus exactement, de son gouvernement en exil. Les Talibans ont eu beau prendre le pouvoir à Kaboul en 1996, ils ne sont pas reconnus par les instances internationales, sauf par quelques États complices : le Pakistan, bien sûr, mais aussi l'Arabie Saoudite et les Émirats arabes unis. Hormis ces exceptions, pour le reste du monde, le gouvernement du président Rabbānī – lui-même réfugié en Iran – demeure seul légitime, et même si ses ministres et ambassadeurs ne sont plus guère installés qu'à domicile, ou dans d'assez pauvres locaux loués par la diaspora, ils gardent leurs titres et prérogatives. Mehrabodin Masstan, « Mehrab » pour les intimes, faisait alors office à Paris de chargé d'affaires de l'État islamique d'Afghanistan, et m'invitait officiellement à me rendre auprès du commandant Massoud « pour y être informé » des conditions qui régnaient dans son pays et des perspectives de solution du conflit qui continuaient de l'ensanglanter.

Ancien interprète de Massoud, viscéralement attaché à la personne du « chef » ; c'est un petit homme rond, très brun de poil, au large front dégarni, auquel il est difficile de donner un âge. Ses immenses yeux sombres contemplent avec une totale sérénité tout ce qui l'environne. On sent qu'ils en ont vu beaucoup et probablement trop pour jamais s'émouvoir à nouveau. C'est la journaliste Hélène Surgères, qui, lors d'une discussion avec Mehrab à propos des personnalités françaises qu'il souhaitait tenir informées, lui a suggéré cette invitation, et en a transmis l'idée à l'UDF. « Pourquoi n'enverriez-vous pas le général Morillon ? » L'Alliance du Nord a été déçue par les hommes politiques français qu'elle a reçus, et qui ne l'ont jamais effectivement soutenue, sauf pour se faire de la publicité. Je ne citerai pas de noms ; mais qu'on ne m'accuse pas de mauvais esprit : à Sarajevo j'en ai vu des politiciens et des intellectuels qui se faisaient photographier à l'aéroport pour repartir ensuite au plus vite, effrayés par quelques balles qui sifflaient.

Mon premier réflexe, sur l'instant ? L'idée qu'on m'ait choisi, moi, aussi bien en France qu'au Panchir, parce qu'on savait que je tiendrais mes engagements, me touche… Massoud est une légende. Il a incarné la force d'âme face à l'envahisseur soviétique. J'ai suivi ses campagnes avec la passion et l'œil du militaire. Son génie tactique apparaît durant la résistance pour prendre son véritable essor dans sa lutte contre les Talibans. C'est un grand capitaine. Politiquement, il a la carrure d'un de Gaulle au moment du 18 juin, militairement d'un Leclerc au moment du serment de Koufra, et le charisme d'un de Lattre. Il me connaît ès qualité de commandant de la Forpronu en Bosnie, mais ignore mes nouvelles fonctions de député européen. L'invitation de Mehrab m'apparaît donc comme un aimable complot politique. Elle s'accompagne d'une semblable proposition destinée à l'Assemblée nationale française et au Sénat belge…

C'est presque pour moi un réflexe de jeunesse : j'irai là-bas, je le sens, par esprit d'aventure et par passion pour l'homme. Difficile de s'y rendre. Le territoire étant aux mains des Talibans, je savoure à l'avance les acrobaties que nous aurons à accomplir pour rejoindre le commandant Massoud. Il n'y a pas d'autre passage que par hélicoptère, appareil ô combien vulnérable, ainsi qu'on peut le constater aujourd'hui en Irak. Je suis aussi tenté, bien sûr, par la beauté des paysages, par la découverte. Je suis allé en Asie, en Inde et en Chine, mais je ne connais pas l'Asie centrale.

Pour autant, je m'interroge : En quoi serai-je vraiment utile ? Constater *de visu* qu'aucune solution militaire n'étant possible sur le terrain, c'est aux instances internationales de prendre enfin les mesures qui s'imposent ? Mais quelle crédibilité ai-je pour cela ? Mon action à la Forpronu date déjà de sept ans. Je n'ai aucune implication avec cette région du monde, tout engagé que je sois au sein de la commission des Affaires étrangères du Parlement européen, dans les relations avec l'Afrique du Nord et l'Afrique en général, les pays en voie de développement.

Et n'est-ce pas folie, pour le simple goût du risque, d'imaginer gagner une position isolée du territoire afghan, sauf à obtenir une autorisation des Talibans, avec lesquels je me refuse à établir pour le moment quelque relation que ce soit ? Avant de répondre par la négative, je décide de m'informer auprès de mes collègues du Palais-Bourbon, et particulièrement de Jean-Michel Boucheron, député breton du parti socialiste. Je l'ai connu dans les années 1980, à la Commission de défense de l'Assemblée nationale, lorsque j'étais expert de l'armée de terre. J'apprécie son intelligence pratique, lucide au point d'être parfois teintée d'un certain cynisme. Tout sauf un rêveur. Or, loin de partager mon scepticisme, il m'informe que, dans un tel cas de figure, Raymond Forni, président de l'Assemblée nationale, le chargerait de le représenter en Afghanistan.

Richard Cazenave, député RPR de l'Isère, serait prêt à l'accompagner.

La détermination de Boucheron me libère, il ne s'agit pas seulement d'une aventure. L'enjeu politique m'autorise à prendre des risques, bref, je peux, si j'ose l'exprimer ainsi, me laisser aller. Je demande aussitôt à voir Nicole Fontaine, alors présidente du Parlement européen, femme de tête et d'intuition, dotée d'un grand sens politique – la suite de sa carrière l'a démontré. J'ai avec elle des rapports amicaux, assez protocolaires, mais chaque fois que nous évoquerons Massoud, je serai frappé par la lumière de ses yeux. À l'issue de ma conversation avec elle, j'appelle Mehrab et le prie d'adresser une invitation à madame Fontaine. Au départ, c'était à moi qu'il s'adressait, je pouvais répondre à titre privé. Mais si je voulais représenter le Parlement européen – car je n'irais qu'avec cette idée-là –, il me fallait une mission officielle. Que croyez-vous qu'il arriva ? Comme on dit dans les feuilletons : « C'est ainsi que démarra l'aventure qui allait me permettre de connaître l'un des êtres les plus extraordinaires qu'il m'ait été donné de rencontrer. »

Gagner le Panchir n'était alors guère possible qu'à partir du Tadjikistan dont la capitale, Duchanbe, est reliée chaque mercredi à Munich par un vol régulier de la compagnie nationale

Tadjik Airlines. Le 6 juin 2000, en fin de matinée, sont rassemblés sur l'aéroport international de Munich ceux que Merhabodin a convaincus de venir. Comme prévu, la délégation parlementaire compte Jean-Michel Boucheron et Richard Cazenave de l'Assemblée nationale française, moi-même pour le Parlement européen, plus un sénateur écologiste wallon, ancien journaliste, José Dubié. Avec nous, deux fidèles de la cause afghane : Christophe de Ponfilly, reporter-cinéaste, et Bertrand Gallet, ancien parlementaire, grand habitué de l'Afghanistan, puisqu'il s'y est rendu durant l'occupation russe, la guerre civile à Kaboul des années 1990, et à l'amorce des batailles contre les Talibans. Jacques Langevin, photographe de l'agence Corbis, complète enfin l'expédition.

Coordinateur de la délégation parlementaire, Boucheron, visage brun sous une magnifique chevelure blanche, yeux clairs, sourire carnassier, impose sans mal son autorité d'ancien président de la Commission de défense de l'Assemblée nationale. Cazenave, président de la délégation France-Afghanistan, promène avec nonchalance son solide corps de sportif. Dubié, la soixantaine sonnée mais bien portée, la moustache conquérante, retrouve avec bonheur l'époque où, reporter de guerre, il couvrait l'évacuation de Saigon par les Américains. Ponfilly, auteur de l'épopée de *Massoud l'Afghan*, est une manière de « chevalier à la triste figure » (à prendre, sous ma plume, comme un compliment : j'ai moi-même souvent été traité de Don Quichotte). On le sent dévoré par sa passion pour son sujet. Son œil professionnel, son esprit critique ne supportent pas la médiocrité. Ce qui donne du prix à son engagement et, en même temps, le dessert auprès de ses confrères, du moins ceux qui font profession de douter de tout. Gallet contraste avec la réserve de son ami par son aisance chaleureuse. Langevin, enfin, le photographe, trimballe et manipule sa collection d'appareils avec la discrétion coutumière à un métier qui impose de savoir se faire oublier si l'on veut saisir ses cibles. L'équipe est assez variée pour qu'on puisse espérer qu'à son retour elle soit entendue sur la scène nationale et européenne. Mais cela, qui le sait, hormis le ciel ?

Tandis que nous voguons dans les nuages, je peaufine ma toute fraîche culture afghane. Face aux Pachtounes, ethnie majoritaire comptant environ sept millions d'individus, les Tadjiks – m'apprend un précis « pour mieux comprendre l'Afghanistan » – sont au nombre de trois millions et demi. Ils constituent la population principale des régions et des villes du nord et du nord-est. Ils vivent autour de Kaboul, Orgun, Hérat, Sarda, Kamari et au nord, Chamil, Charikar, Jabul Sarj ; dans le Badakhchan, le bassin de Panj et au nord-ouest, dans la vallée du Panchir – d'où l'expression ordinaire pour désigner les hommes de Massoud de « Tadjiks panchiris ». À l'est, ils demeurent autour de Kunar, Laghman et Djalālābād. Ce sont d'habiles cultivateurs, dont les techniques ont servi de modèles pour les autres ethnies. Leur nom dériverait de *Tazi*, signifiant « arabe » en darri, langue issue du farsi. Aussi se sont-ils rapidement adaptés au discours de l'islam. De moindre importance sont les autres ethnies : Turkhmènes, Ouzbeks, Hazaras, Aimaks, Parsibans, Kirghizes, Baloutches et Quizilbashs (ou « Têtes rouges », du fait de leurs turbans).

Ce que le précis n'explique pas, mais que je vais appréhender sitôt arrivé en Afghanistan, est la scission entre le nord et le sud du pays. Les Pachtounes sont répartis à la fois au sud de l'Afghanistan, où leur capitale est Kandahar, et au Pakistan, dans la région de Peshawar. Le sud afghan, fief du mollah Omar, à domination pachtoune, est donc l'objet naturel de la convoitise du Pakistan qui y voit un prolongement de son propre territoire et dont il estime avoir stratégiquement besoin pour résister à la menace indienne. Ce problème nous sera exposé par Massoud lui-même, dès les premiers instants de notre rencontre. Tous les malheurs actuels de l'Afghanistan viennent de cette volonté des Pakistanais de se créer un arrière-pays. Depuis des décennies, Islamabad parie et joue l'ethnie pachtoune. La rivalité entre Kandaharis et Kaboulis est permanente, Kandahar sous influence pachtoune, et Kaboul, sous influence tadjik – et dans une moindre mesure ouzbek. Telles sont, à très grands traits, les forces en présence.

Massoud dépasse cela. Il se veut, cela a été dit, d'abord et avant tout afghan, aspirant à une union nationale, qui n'exista en vérité que lors de la résistance aux Britanniques et aux Soviétiques. Ce fut, en quelque sorte, une unité « contre », et non une fédération en vue d'un durable destin commun ; c'est pourquoi nombre d'analystes demeurent sceptiques sur les possibilités de l'Afghanistan de s'en sortir. Si Massoud oublie qu'il est Tadjik, à Kandahar, on n'oublie pas son identité. Aujourd'hui encore, malgré les sacrifices endurés par les moudjahidin dans leur lutte contre les Talibans, nombreux sont ceux qui accusent les Panchiris de vouloir s'accaparer un pouvoir auquel ils n'ont pas droit. Aussi, la revendication majeure que je vais rencontrer partout, à Mazr-Charf comme à Kandahar, de la part des représentants des *chouras* – assemblées de notables –, sera-t-elle la justice entre les ethnies, pour une représentation équitable. Cette aspiration née des

divisions du passé va dans le sens de l'appartenance à une nation, avec la volonté que personne
ne domine.

Notre avion s'est posé sur la piste d'atterrissage
de Douchanbé, capitale du Tadjikistan. Écrasés
de chaleur, nous sommes accueillis par l'un des
neveux du commandant, Abdel Wadoud Zara,
puis conduits dans une maison, au cœur de la
capitale. Nous y trouvons de quoi nous restaurer,
avant le décollage en hélicoptère qui doit nous
« infiltrer » à travers le territoire tenu par les Talibans, pour franchir les fameuses crêtes précédant
la vallée du Panchir.
Mais Abdel Wadoud Zara nous explique qu'il
faut attendre de meilleures conditions météoro-
logiques : les cols sont coiffés de nuages. Nous
allons faire l'apprentissage de la patience dans
un espace où le temps n'a pas la valeur que nous
lui attachons en Occident. En fait, mais cela
nous ne l'apprendrons que plus tard, le seul hélicoptère lourd dont disposait encore Massoud
était retenu dans le Panchir pour le transport de
membres importants de l'Alliance du Nord réu-
nis pour nous rencontrer.
Bloqués à Douchanbé, nous en profitons pour
découvrir la ville, gravement endommagée trois
ans plus tôt par les troubles qui opposèrent les
plus farouches partisans du régime républicain aux

militants islamistes fondamentalistes. Je découvre à cette occasion le rôle de médiation et de paix que remplit à l'époque Massoud.

Alors que les islamistes en armes se massaient à une extrémité de la ville aux cris de *Allahou Akhbar*, les communistes de l'ancien régime brandissaient leurs armes à l'autre extrémité en chantant *L'Internationale*. Les escarmouches se multipliaient, qui risquaient de plonger Douchanbé dans une guerre civile au moins aussi destructrice que celle qui réduisit Kaboul en cendres entre 1992 et 1996.

Appelé à la rescousse par le président Rakmonov – toujours au pouvoir aujourd'hui –, Massoud prit le risque de s'entremettre entre les deux factions et parvint à imposer la négociation d'une solution politique qui aboutit à un fragile mais durable apaisement. Outre son autorité morale, son principal argument fut le rappel des conséquences pour Kaboul et pour l'Afghanistan du stupide et criminel entêtement des responsables politiques des partis de l'époque. Il en avait tiré une leçon qu'il n'allait pas cesser de répéter jusqu'à sa mort : il ne peut y avoir de solution par les armes à des problèmes de politique intérieure. « Cette expérience, devait-il me confier plus tard (mais j'anticipe), me conforta dans mon aversion toute personnelle pour le régime des partis »…

Le gouvernement du Tadjikistan lui fut hautement reconnaissant de cette réussite, laquelle fut consolidée par un appel au grand voisin russe, qui déploya une garnison au cœur même de la capitale.

Si impatient que je sois de rejoindre le Panchir, ma balade prolongée à Douchanbé n'est donc pas inutile. Je comprends le fidèle soutien que Massoud reçoit, depuis, des autorités du Tadjikistan, seules à ne pas craindre d'affronter la colère des Talibans. Je saisis aussi l'étrange et subtile alliance qui s'est progressivement installée entre l'armée russe et son ancien adversaire. Elle s'explique par la nécessité de faire face ensemble à la menace des « fous d'Allah » au pouvoir à Kaboul. « L'ennemi de mon ennemi, est mon ami. » Le Tadjikistan comme la Russie (mais en sous-main) ne cesseront d'apporter l'appui logistique et politique indispensable à la survie de cette part du peuple afghan qui persiste avec Massoud à résister à la domination des fanatiques.

Le lendemain, 7 juin, surprise. L'ambassade afghane me transmet une dépêche du correspondant de l'Agence France Presse au Pakistan, significative de l'embarras de notre représentation diplomatique face à l'action de notre petite équipe. J'ai conservé ce document :

Islamabad, 7 juin (AFP) – Le général à la retraite français Philippe Morillon qui est membre du Parlement européen doit se rendre ces prochains jours dans la vallée du Panchir pour y rencontrer le commandant Ahmad Shah Massoud, ont annoncé des sources de l'opposition afghane.

Le général Morillon, accompagné de plusieurs parlementaires d'Europe, devait arriver mercredi à Douchanbé, la capitale du Tadjikistan, pour gagner ensuite la vallée du Panchir, le bastion de Massoud, à une centaine de kilomètres au nord de Kaboul ont précisé ces sources.

Mandaté par la présidente du Parlement européen, Nicole Fontaine, le général Morillon devrait effectuer ensuite un deuxième voyage en Afghanistan pour se rendre à Kaboul et rencontrer les responsables talibans au pouvoir, ont précisé des sources diplomatiques.

Un précédent voyage d'anciens ministres français – MM. Alain Madelin et Brice Lalonde – au Panchir, en septembre dernier, avait provoqué la colère des Talibans, qui contrôlent environ 80 % du pays, mais dont le régime n'est pas reconnu par la communauté internationale...

L'information selon laquelle je devrais effectuer un déplacement à Kaboul n'est pas totalement dénuée de fondement, c'est en effet ce qu'ont vivement souhaité les services du Quai d'Orsay, avec lesquels j'ai pris contact avant mon départ, par correction, et, surtout, souci d'information. Elle ne tient pas compte du refus de principe que j'y avais opposé, arguant que je ne m'y résoudrais que si, au terme de ma première visite, j'avais acquis la conviction qu'un voyage à Kaboul pourrait servir la cause de la paix. Si Massoud me l'avait demandé, nul doute que je l'eusse fait. Pour autant, le Quai d'Orsay, en laissant fallacieusement filtrer cet écho, essaye de parer au plus pressé, de rééquilibrer la donne, pour apaiser les préventions du gouvernement pakistanais et dissiper, comme l'indique l'AFP, la « colère » des Talibans.

Le Quai d'Orsay a décidé d'avoir une attitude « réaliste » à l'égard des maîtres de Kaboul. C'est avec eux qu'il faut compter, Massoud étant de plus en plus coupé de sa logistique. Position toute semblable à celle de nos dirigeants de jadis à l'égard des Khmers rouges : une tolérance coupable. Quels sont les intérêts de la France en Afghanistan ? Nuls. C'est une zone, en matière d'acheminement du pétrole ou de stratégie, qui n'implique que les Américains et les Russes. La vocation de la France serait plutôt de rappeler les grands principes, en condamnant cette caricature d'islam incarnée par le mollah Omar et ses sbires.

Au début de l'année 2000, Lionel Jospin est à Matignon, Hubert Védrine, aux Affaires étrangères. La seule implication de la France en Afghanistan est de type humanitaire. Collaboration ambiguë qui nous lie aux fous d'Allah, dans la mesure où nous venons au secours des populations. Protestant contre la venue à Paris d'une délégation taleb, la présidente d'un collectif Liberté en Afghanistan reçoit du diplomate parisien préposé aux affaires afghanes ce petit chef-d'œuvre, mélange d'hypocrisie et d'aveu d'impuissance :

Madame,

Le Premier ministre a bien reçu votre lettre du 1ᵉʳ février dernier par laquelle vous lui faisiez part de la perplexité de votre association quant à la venue d'une délégation taleb, et m'a chargé de vous répondre.

Le maulawi Abdur Rahman Zahid, vice-ministre des Affaires étrangères des Talibans, a en effet été reçu le 7 février par un fonctionnaire du ministère des Affaires étrangères. Cette visite ne revêtait aucun caractère officiel ou politique. Il s'agissait d'un contact d'information, comme il y en a d'ailleurs déjà eu un en décembre 1997 avec un autre représentant du régime des Talibans. La délégation taleb s'est également rendue dans d'autres pays de l'Union européenne où elle a été reçue à un niveau similaire ou supérieur.

Vraiment ? Voilà une entrée en matière assez cauteleuse, mais diplomatiquement irréprochable. Compte tenu de l'ordre institué par les Talibans – lapidations, bastonnades, membres tranchés, pendaisons, etc. – la suite est moins honorable :

...Je saisis cette occasion pour vous exposer les lignes directrices de la position française sur la situation en Afghanistan. La France est convaincue que la crise dans ce pays ne pourra pas être résolue par les armes, par la victoire de l'une des parties sur l'autre. Une paix durable ne sera en effet possible que si un processus de négociation politique est engagé, conformément aux résolutions adoptées par les Nations unies, en vue de la mise en place d'un gouvernement de large représentativité. À cet égard, nous soutenons l'action de l'ONU et, plus particulièrement, celle du nouveau représentant spécial du secrétaire général pour l'Afghanistan qui vient de prendre ses fonctions.

Le conflit afghan, de toute évidence, ne pourra être réglé sans prendre en compte toutes les parties. C'est précisément la politique que s'est fixée le gouvernement français, qui s'emploie à entretenir un dialogue suivi avec les différentes parties afghanes, à l'intérieur comme à l'extérieur. C'est la raison pour laquelle notre chargé d'affaires, en résidence à Islamabad, se rend régulièrement à Kaboul pour prendre des contacts avec les autorités locales, comme il en est avec les représentants de la coalition du Nord. Il nous semble important de ne pas se fermer à toute forme de dialogue avec les Talibans. Il n'y a rien à gagner à isoler ce régime, à le couper du monde…

Passage savoureux, si l'on songe à l'ostracisme gouvernemental dans lequel sera tenu Massoud dans les mois qui vont suivre. Mais ce n'est pas fini. Telle une cerise sur le gâteau, la morale vient pour la bonne bouche :

… Il est toutefois bien évident que les violations graves des droits de l'homme commises par les Talibans, comme d'ailleurs par toute autre partie, sont totalement inacceptables. De même, le soutien qu'ils apportent au terrorisme et l'augmentation de la production de drogue dans les zones qu'ils contrôlent vont à l'encontre des intérêts de la sécurité de la France.

S'agissant du terrorisme, de la drogue, des droits de l'homme et de la réconciliation nationale en Afghanistan, les positions françaises, qui sont largement partagées par nos partenaires de l'Union européenne, ont été réitérées avec la plus grande fermeté au maulawi Abdur Rahman Zahid.

En guise de conclusion, la flèche du Parthe, ou plus justement, le coup de pied de l'âne :

En ce qui concerne par ailleurs les deux projets de développement mis en place par les associations Negar et Afghanistan Bretagne, adhérentes de votre collectif, je suis au regret de vous faire savoir que le ministère des Affaires étrangères qui, en dehors des contributions volontaires de la France aux Nations unies en faveur de l'Afghanistan, assure la coordination des aides à diverses ONG sur le terrain, n'est malheureusement pas en mesure d'apporter un soutien financier à ces initiatives.

L'exacte vérité, la voici. Début février 2001, un certain nombre de groupes humanitaires désireux de travailler à Kaboul en bonne intelligence avec les Talibans invitent à Paris le mollah 'Abbas, (alors de passage en Allemagne), ministre de la Santé du régime taleb, en vue d'une rencontre avec un fonctionnaire du Quai d'Orsay. Hiérarque du régime, 'Abbas n'est pas anodin : ses subordonnés, au nom de l'hygiène, et pourquoi pas de la santé, envoyaient des chirurgiens dans le stade de Kaboul pour scier les mains et les pieds des condamnés. Difficile à croire, mais il fut reçu par un fonctionnaire – plus exactement « une fonctionnaire »… c'est le seul aspect réjouissant de cette affaire – qui lui fit part des « préoccupations » du gouvernement français quant au respect des droits de l'homme en Afghanistan.

Cette lettre explique tout. En me rendant chez Massoud, je gêne la politique de coopération de nos ONG sur le terrain. On est en période de sécheresse grave, la disette est là ; on craint la famine. Les ONG elles-mêmes incitent donc notre chargé d'affaires à adopter cette attitude. Les Talibans acceptent que la France continue à apporter son aide à l'Afghanistan à condition que cette action ne bénéficie en aucune façon à leurs opposants. Aucune réaction officielle à mon initiative : le Quai se contente de fausses confidences à l'AFP. Pour le reste, il va faire le dos rond, comme d'habitude. En langage peu diplomatique, je saurai plus tard ce qu'« ils » en ont pensé : « Encore un coup de Morillon. Il faut le laisser faire. Moins on en parlera, mieux cela vaudra. »

7 juin, fin d'après-midi, notre petite équipe affiche sa bonne humeur : « C'est pour demain. » Le 8 au matin, l'hélicoptère nous attend. Nous quittons nos hôtes de Douchanbé et rejoignons l'aéroport. Après les formalités de contrôle des passeports, une voiture nous mène en bout de

piste. Là, un choc nous attend à la découverte de l'engin auquel nous allons devoir confier nos vies.

On dit parfois des vieux cargos qu'ils ne tiennent plus que par la peinture, notre vaisseau volant n'en porte plus que de faibles traces, il est donc tout entier camouflé par la rouille. À son faîte, au moment où nous arrivons, un homme d'équipage s'emploie à taper à coups de marteau sur la tête du rotor, et l'on nous explique qu'il s'agit d'une « petite et ultime mise au point ».

Sachant que l'hélico sera alourdi d'une citerne de kérosène indispensable à l'approvisionnement des forces de Massoud, on retient sa respiration, histoire de se sentir plus léger ; quand on se dit qu'ainsi chargés on va effectuer un vol tactique à travers des cols culminant à plus de 5 000 mètres, et que, précisément, l'avant-dernier appareil du genre s'est crashé quelques jours plus tôt, on ne peut guère que s'en remettre à la providence : cet appareil appartient sûrement à Inch Allah Airlines. L'embarquement s'effectue dans un silence respectueux.

Nous sommes répartis de part et d'autre du réservoir souple, assurés d'être transformés avec lui en chaleur et lumière en cas de tir hostile. Ceux d'entre nous qui sont croyants murmurent une confiante prière. Les autres réfléchissent sur leurs fins dernières. Cela ne peut faire de mal à personne.

Lourd arrachage, décollage sans histoire. Vol d'une bonne heure au-dessus du territoire tadjik, jusqu'à la frontière de l'Amou-Daria où nous effectuons une escale dans un poste militaire pour un ultime ravitaillement. Interdiction de prendre des photos. Mais, trop tard, certains l'ont déjà fait. Ils ont été repérés par le personnel au sol. S'ensuit un long palabre, où il est question de « flagrante tentative d'espionnage », et autres sornettes, le but de la manœuvre étant, au final, de faire payer une amende *ad hoc* à l'équipage.

Nous voilà de nouveau dans les airs. S'amorce la partie la plus délicate du parcours : territoire hostile jusqu'au basculement au-dessus des crêtes du Pamir, dans la vallée tenue par Massoud et les siens. Paysage splendide. Nous n'avons rien de mieux à faire que de le contempler. L'hélico, un vieux MI-18 soviétique, progresse avec une lenteur majestueuse dans ce battement caractéristique des pales en altitude, quand la portance a diminué si sensiblement que l'on se demande s'il ne faudra pas faire demi-tour. Je surveille malgré moi les cadrans, le mouvement des commandes. Voilà où nous mène la complicité intelligente avec les Russes : Moscou a pris conscience du danger que représentait le panislamisme pour la plupart des anciennes républiques asiatiques de l'URSS, et moi, je suis dans l'un de ses appareils pourris, jouant à saute-mouton au-dessus de cols. Douchanbé-Amou-Daria : une heure. À partir de là, deux bonnes heures L'éternité...

..Nous passons finalement sans encombre, et remontons la vallée, tandis que tombe la nuit. Enfin, nous nous posons à Bazorak, village où réside Massoud. Nous sommes accueillis par son beau-père, petit homme sec au sourire débordant de gentillesse. Il nous fait les honneurs de sa maison, lourde et vaste bâtisse de béton sertie de grandes pierres jaunes, seule capable d'abriter une délégation telle que la nôtre.

Il tient à ce que je m'installe personnellement dans la chambre de son gendre, prescription du commandant lui-même. Je suis sensible à l'honneur. Il ne parle pas un mot de français ni d'anglais, mais nous nous entendons par le truchement de Merhab, aidé dans sa tâche d'interprète par Ashmet Froz, architecte afghan exilé à Rennes où il préside l'association Bretagne-Afghanistan, ce qui lui vaut d'effectuer d'assez fréquentes liaisons avec le Panchir. C'est un homme de haute taille, assez fort, jovial, avec lequel nous avons tout loisir de faire un premier point de situation, au cours d'un dîner excellent, à base de grillades et de riz. La nuit est pleine d'étoiles. Long regard vers le ciel pour me repérer sous cette latitude. Je respire la fraîcheur descendue des montagnes. La journée a été longue. Il est temps de dormir.

3

Les Talibans bombardent régulièrement la maison de Massoud. C'est une constante, aussi les habitants de Bazorak la considèrent-ils un peu comme nos paysans médiévaux regardaient le donjon du seigneur. C'est un symbole de pouvoir et de légitimité. Un point de refuge, de défi à l'ennemi. Mais cette demeure n'est pas qu'un bunker. Elle possède à l'étage une pièce très claire dominant le village et l'oasis, dans laquelle nous allons tenir la plupart de nos réunions. Le lendemain matin à la première heure, Massoud arrive. Première impression ? Il est aussi séduisant que ses portraits diffusés dans le monde entier en ont donné l'image. Nous en sommes tous frappés. Élégance naturelle, tenue soignée. De la race. Une conversation toute d'intelligence. Un sourire éclatant, que les femmes doivent trouver ravageur. Pour nous, une sorte de beauté familière, un réel magnétisme. Comment définir exactement son attitude ? J'ai rencontré des gens de grand charisme : quand le dalaï-lama s'adresse à vous, tandis que résonne sa voix profonde, il se penche, s'approche, vous touche, comme s'il vous captait, vous capturait un peu, mais avec une grande douceur. Massoud est très différent. Il vous regarde intensément, sa voix est bien timbrée, plus mezzo que grave. Vous n'avez aucun contact physique avec lui, hormis par l'intensité de ses prunelles, attention aiguë, directe, alors, il semble entièrement à vous. *Hic et nunc*, vous êtes son confident, l'homme le plus précieux qui soit au monde. Ce n'est pas une habileté chez lui, mais l'approche inhérente aux vrais meneurs d'hommes. En public, il ne communique qu'en farsi, Afghanistan oblige, question de symbole, de dignité. Sitôt que nous serons à bord de sa voiture, lui et moi, seuls – autre privilège qu'il m'accorde –, nous parlerons en français.

Il s'est assis avec nous dans la grande salle commune où nous venons de prendre notre petit déjeuner. Il ne va, dès lors, pratiquement plus nous quitter, conscient du peu de temps dont il dispose pour nous séduire et surtout, nous convaincre que l'Europe et particulièrement la France peuvent aider sa cause : celle de l'Afghanistan tout entier, et non d'une simple faction.

Mais ce qui paraît évident aujourd'hui n'était pas si clair, à l'époque. Les événements de 1992 à Kaboul, la guerre civile à laquelle, à son corps défendant, il avait participé, avait terni son image. Quelle que fût l'estime dans laquelle on l'avait tenu pour sa résistance aux Soviétiques, les esprits légers ou ignorants l'avaient rejeté parmi les « seigneurs de la guerre ». Combien de fois n'ai-je pas entendu ce type d'accusation de la part de nos diplomates dans les mois qui suivirent mon retour d'Afghanistan ! On ne peut nier par ailleurs, qu'en cette année 2000, du fait même du sort des armes, il représente une partie de moins en moins importante d'Afghans. Il n'a plus autour de lui que des Panchiris. Il revendique devant nous des alliances allant bien au-delà de sa vallée, mais qui restent encore à démontrer.

Mon attitude est réservée. Mes sentiments, partagés. Le conflit qui l'oppose aux Talibans est-il une guerre ethnique, religieuse, politique ou une lutte pour le pouvoir ? Massoud répond avec franchise et nuance : « Toutes ces dimensions interviennent. Pour autant, on ne peut à proprement parler de guerre ethnique ni de guerre civile, car il s'agit avant tout d'un conflit imposé par le Pakistan, voulu et orchestré par lui. Je me suis toujours battu pour la liberté. Lorsque les Soviétiques nous ont envahis, nous avons accepté l'aide du Pakistan et de l'Amérique. Aujourd'hui, c'est Islamabad le nouvel agresseur, aussi, pour faire barrage, j'accepte désormais le soutien russe. À une amitié je réponds par une amitié ; à une aide par une aide ; à une hostilité par une hostilité... Le malheur de notre pays est qu'après la retraite de l'Armée rouge, les Occidentaux nous ont oubliés. C'est vrai surtout de Washington, qui nous a abandonnés aux visées expansionnistes de son allié pakistanais – lequel bénéficie du soutien financier de l'Arabie Saoudite. »

L'aide majeure de Massoud en matière de fourniture d'armement vient désormais de la Russie et de l'Inde. Il poursuit son explication : « Pour mieux prendre pied chez nous, les Pakistanais ont recouru au prétexte religieux, misant d'abord sur le mouvement fondamentaliste *Hezb-e-Islami*, commandé par l'un de mes anciens compagnons d'armes, Gulbuddin Hekmatyâr. Ils l'ont incité à se rebeller contre le gouvernement des moudjahidin. La politique concernant notre pays n'étant pas traitée par le ministère des Affaires étrangères pakistanais, elle l'est par les militaires. Leur idée était qu'il fallait remplacer le communisme par un autre extrémisme : l'extrémisme islamique. Ils ont soutenu Hekmatyâr, qui devint Premier ministre malgré sa réputation d'extrême violence durant le jihad. Heureusement le monde a pris conscience assez rapidement de son erreur. On savait les liens très serrés qui unissaient Hekmatyâr aux réseaux terroristes à travers le monde, et l'on connaissait son implication dans certaines tueries... Dès que la faiblesse politique de Hekmatyâr s'est faite sentir, le Pakistan a créé un autre groupe extrémiste, tout aussi violent. Les Talibans... Le conflit afghan, je le répète, n'est pas seulement une guerre civile, mais le résultat d'ingérences extérieures. Compte tenu de ces paramètres que nous voulons voir enfin compris et admis en Occident, quels que soient les intérêts en jeu – notamment américains –, "notre" guerre n'aura pas de solution militaire. Seule prévaudra la négociation politique. Notre souhait est de voir la communauté internationale s'occuper en priorité de la paix en Afghanistan. Je suis certain qu'avec une telle pression, le Pakistan renoncera à son ingérence. Alors, la paix sera possible. »

Deux ans plus tôt, dans une interview parue dans *Politique internationale,* Vincent Hugueux lui demandait s'il pensait qu'une solution négociée avec les Talibans pouvait être envisageable. Réponse du commandant : « Je suis évidemment désireux de résoudre nos différends par le dialogue. Ce qui ne signifie pas que nous partageons la même vision. Nous souhaitons la mise sur pied d'un gouvernement provisoire auquel les Talibans participeraient au même titre que les autres, pour une durée de six mois à un an. Au terme de cette période, il conviendrait d'organiser des élections, afin de laisser aux Afghans le choix de leur destinée. Durant l'année 1997, j'ai conversé à deux reprises par téléphone satellite, et en langue pachtoune, avec le mollah Mohamed Omar, chef des Talibans. Mais ces échanges ont tourné court, tant nous sommes éloignés l'un de l'autre. À ma proposition de laisser notre peuple décider de son sort par la voix des urnes, il objecte que l'élection n'est pas conforme aux préceptes islamiques. Du moins tels qu'il les entend… »

Juin 2000. Notre compagnon belge José Dubié intervient : « Qu'est-ce qui vous oppose aux Talibans ? Quelle est votre conception de l'islam ? »

Massoud : « Leur conduite extrémiste ne correspond en aucune manière à un Islam tolérant. Nous n'avons eu de cesse d'insister pour défendre un islam de tolérance profitable à tous les musulmans, pour les Afghans et pour le monde entier, et nous le défendrons toujours. »

Richard Cazenave poursuit : « L'Afghanistan est considéré aujourd'hui comme un État pourvoyeur de drogue, pourvoyeur de terrorisme aussi… »

Massoud : « Malheureusement, tel est l'Afghanistan à l'issue d'une longue période de guerre contre l'URSS. La principale raison de cet état de fait repose sur la responsabilité du Pakistan et

des groupes dépendants de lui, comme Hekmatyâr et les Talibans. »

Dans un message rédigé à la demande de l'un
de ses fidèles, Jean-Marie Montali[1], le commandant va plus loin :

> *Le Pakistan n'a jamais présenté les Talibans
> aux Américains comme un groupe fondamenta-
> liste, mais plutôt comme un mouvement rétro-
> grade sans aucune ambition territoriale, dont
> l'action ne se limiterait qu'au territoire afghan.
> Tout en le créditant d'être la seule force tampon
> contre l'Iran. Islamabad a fait croire aux Améri-
> cains que, par l'intermédiaire des Talibans, ils
> pourraient faire pression sur Téhéran à partir des
> frontières de l'Est. Pour désamorcer une éven-
> tuelle réaction occidentale à l'encontre de l'apar-
> theid taleb vis-à-vis des femmes, Islamabad
> évoquait une simple tactique provisoire…*

Acceptant de ne voir l'Afghanistan qu'« au
travers de la lunette pakistanaise », les Américains ont cru que la victoire des Talibans pouvait
leur être source de profits. Le projet de gazo-
duc traversant le Turkménistan, l'Afghanistan, le
Pakistan et l'Inde était fondé sur cette espérance.

---

1. Journaliste au *Figaro Magazine*, Montali s'est rendu souvent au
Panchir. Il est de ceux qui ont alerté le monde en initiant et propa-
geant les écrits de Massoud. Cf. *Figaro Magazine*, 5 décembre, 1998.

Le résultat de cette politique, conclut Massoud est que l'Afghanistan est devenu le plus grand producteur exportateur de drogue et la plus grande base de terroristes de la planète. Pour ceux qui suivent la situation afghane, il est intéressant de noter que les pays du monde libre et les Nations unies ne tirent aucune leçon de leurs erreurs, tant qu'ils n'ont pas été eux-mêmes victimes du venin des Talibans...

Jean-Michel Boucheron l'interroge à son tour : « Si vous étiez au pouvoir à Kaboul, que feriez-vous très concrètement d'Oussama Ben Laden ? »

Massoud : « Nous ne voulons pas voir notre patrie devenir une base de terroristes. Dans l'Afghanistan que nous dirigerons il n'y a pas de place pour Ben Laden. J'attire votre attention sur le fait que Ben Laden et le mollah Omar sont unis par un lien du sang. Le premier est le gendre du second... »

Souvent évoqué dans les journaux, Ben Laden est parfaitement connu aux États-Unis, particulièrement de leurs services spéciaux qui l'ont placé sur la liste des ennemis majeurs, mais son nom n'a pas encore retenti de façon planétaire... Massoud déclare une guerre sans merci à celui qui va le tuer quinze mois plus tard.

À la question de Bertrand Gallet : « L'Afghanistan aura besoin d'un leader, tous les regards se tournent vers vous, seriez-vous prêt à assumer vos responsabilités s'il le fallait ? » La réponse de Massoud résonne d'autant plus douloureusement aujourd'hui : « Je suis prêt à servir le peuple d'Afghanistan en particulier pour instaurer la paix. Je serai disponible pour assurer toute mission au service de mon peuple. »

Au fil des heures, parlant de démocratie, de religion, du statut des femmes, sous le feu roulant d'une curiosité à laquelle il se prête de bonne grâce, s'est instauré entre lui et nous un climat de confiance. Dès ce premier jour, et durant tout notre séjour, nous alternerons séances de discussions et visites sur les lignes des moudjahidin, haltes dans les villages ou dans les campements nocturnes, à la lumière des braseros, lorsque le thé noir infuse dans les bouilloires.

Quand nous prenons pour la première fois la route qui mène vers les hauteurs, je ne peux me retenir de lancer un coup d'œil vers l'ami Ponfilly, qui traîne ses guêtres depuis vingt ans dans ce pays. Pour lui, les Afghans furent des héros de littérature avant d'être de chair et de sang. En violentes mêlées, Joseph Kessel lança dans son crâne des hordes de cavaliers au galop de bozkachis sans pitié, où le ballon est remplacé par une tête de bouc cousue dans un sac de cuir.

La nuit venue, nous nous retrouverons dans ce monde immense, à la fois clandestin et mythique, lorsque la clarté lunaire donne à la montagne l'allure d'un décor d'ombres, tandis que résonne encore la musique saccadée des sabots des chevaux heurtant la rocaille. Sur les lignes des crêtes défendues par Massoud, Ponfilly se souvient des caravanes de mulets portant les armes et les munitions, c'était la lutte contre les Soviétiques. L'ennemi a changé, mais pas le décor ni les vêtements : béret de laine à bords roulés des moudjahidin ; veste longue, pantalon ample et *patou*, cette couverture aux multiples usages : manteau, nappe, ballots, brancards de fortune – oui, Ponfilly se souvient toujours que marcher longtemps peut incruster dans une mémoire une trace indélébile, comme cette traînée sombre imprimée sur les sentiers improvisés, à peine plus larges qu'un homme, fil rouge ininterrompu, fil d'Ariane à travers la montagne, fait du sang des bêtes qui se blessaient sans cesse sur les pierres.

4

Je sens bien qu'au sein de notre petit groupe, Massoud a « ciblé » sur moi : ma qualité de soldat prime sur mon statut de représentant de l'Europe. Je ne suis pas le plus âgé de la délégation, mais « le général ». Et j'ai été l'homme de la Bosnie. Nous nous sommes reconnus. Lorsqu'il prend la route, ouvrant la portière du 4×4, il me fait signe de monter avec lui. Il me prend toujours à son côté. Cela ne choque pas mes compagnons : fraternité d'armes !

Et de fait, tandis que nous roulons, saluant de la main ses partisans au bord du chemin, il me raconte : « Nos montagnes sont hautes, l'écho y est immense. Dangereux, si on ne le contrôle pas. Mais c'est aussi une arme redoutable. Sitôt que j'ai reçu votre réponse à mon invitation, le bruit a couru dans la vallée qu'un général venait : "Un général français va se battre avec nous." »

Regard plissé sur l'horizon. Bref silence. Sourire :

« Vous imaginez l'effet sur le moral des troupes ! »

De fait, inspectant le front, je suis accueilli avec une attention particulière. Je porte un blouson noir, un pantalon de treillis, des rangers pour faciliter la marche, aucun signe distinctif. Mais on ne se refait pas : l'armée colle à la peau. C'est ainsi qu'au temps jadis les policiers de Louis XVIII flairaient les demi-soldes... Il y a du respect dans le salut, le maintien des hommes. Ils constatent la noble déférence du commandant lui-même. Cela s'inscrit dans la tradition : je suis un frère aîné.

En tête-à-tête, la parole est plus libre, s'établit un dialogue à la fois familier et retenu. Massoud sait quoi penser de mon action à la Forpronu, lors du siège de Srebrenica. Aussi, sans illusion comme sans amertume, philosophe-t-il sur les distorsions entre le politique et le militaire. En un quart de siècle de combat, il n'ignore rien de la trahison : « L'ennemi de l'intérieur, ce sont les Talibans, l'ennemi de l'extérieur, le Pakistan. Entre-temps, il y eut la guerre avec les Soviétiques. »

Pour comprendre les stupéfiants retournements d'alliances qui scandent les souffrances de l'Afghanistan depuis la chute de sa monarchie, il faut faire un bref retour en arrière. En 1973, temps de sécheresse et de disette, Mohamed Daoud, allié objectif des communistes, mais aussi beau-frère du roi Zaher Shah, profite de la misère économique du pays, d'une longue disette, pour prendre le pouvoir. Zaher Shah est détrôné, exilé à Rome. L'Afghanistan devient une république. Deux ans plus tard, surviennent les premières insurrections fondamentalistes soutenues par le Pakistan. 1978, coup d'État militaire prosoviétique : Daoud est tué. Taraki s'installe aux commandes. Un an plus tard, alors qu'il rentre de Moscou, Amin le fait étrangler. « Opération Bourrasque 333 » : l'Armée rouge intervient. Amin est exécuté, Barak Karmal s'installe au pouvoir jusqu'en 1986, date à laquelle Mohamed Nadjibullah lui succède. Telles sont les années de jeunesse de Massoud, musulman sunnite.

À l'aube des années 1980, l'Afghanistan compte environ quinze millions d'habitants, dont près de trois sont de confession chiite. Cependant, le peuple est déchiré non seulement par les conflits entre confréries religieuses mais surtout par les rivalités interethniques. La résistance à l'envahisseur soviétique va s'organiser autour de trois principales alliances religieuses : un mouvement islamique conservateur regroupant les élites traditionnelles, des cadres de l'ancien régime et les membres des confréries soufies ; une deuxième, d'obédience chiite, formée de Hazaras, d'origine perse, naturellement proche de la révolution iranienne. La troisième, proche de l'islamisme sunnite radical, est dominée par le parti de l'islam *(Hezb I Islami – HIA)* de Gulbuddin Hekmatyâr, « Fleur-en-la-Foi, Ami-de-la-Sagesse »… Soutenu par l'armée pakistanaise, il puise ses ressources financières dans le trafic de l'opium, et constitue la principale structure d'accueil et d'encadrement des « volontaires afghans ».

« Oui, soupire le commandant Massoud, tandis que nous buvons notre thé, l'histoire est longue. Elle a d'étranges détours… »

Ainsi, il est parfaitement exact qu'il ait côtoyé Nadjibullah dans sa jeunesse : c'était à l'été 1973, époque du coup d'État de Daoud contre Zaher Shah : ils vivaient dans la même rue de Kaboul. Il avait connu également Hekmatyâr, même si, tous deux étudiants, ils ne fréquentaient pas le même amphi.

« En 1975, me raconte-t-il, je n'ai que vingt-deux ans, Hekmatyâr entre en contact avec moi pour renverser le gouvernement Daoud. Je n'ignore pas que c'est un agent du Pakistan, mais moi-même croyant sincère, je ne peux qu'être sensible à son appel. Nous manquions de référence, à l'époque. Notre motivation s'inspirait davantage des souffrances de notre pays que des livres. Il fallait nous libérer du joug communiste. Par la suite, ce serait le jihad contre les Soviétiques : dans notre esprit il n'y avait pas de différence entre Pierre le Grand et Lénine... J'accepte de provoquer au Panchir une rébellion coïncidant avec celle qui allait être fomentée à Kaboul par Hekmatyâr et ses partisans.

« Le jour dit, à 11 heures du matin, j'amorce le soulèvement. Nous sommes une vingtaine d'étudiants de Kaboul, quelques lycéens, rejoints bientôt par onze jeunes militants de la vallée du Panchir. Nous n'avons que des fusils mitrailleurs et des armes de poing, achetés pour partie au Pakistan. Parallèlement, nous pensons qu'il y a des rassemblements à Kaboul, que les tanks sont déjà dans la rue. Hekmatyâr s'y était engagé, assurant avoir des accointances au sein même du ministère de la Défense. Notre groupe prend la vallée. Dans les heures qui suivent, le cœur battant, nous écoutons la radio. Rien : le programme ordinaire ! Il ne s'était rien passé à Kaboul. Quand les paysans s'en sont aperçus, alors qu'ils étaient dans l'expectative, attendant de voir comment tournerait le vent, ils nous ont pourchassés à l'incitation des communistes. Hekmatyâr, pour des raisons que nous ignorions, nous avait trahis. Avec trois de mes compagnons nous n'avons dû notre salut qu'à l'accueil de mon plus jeune frère[1] qui nous a cachés, enfermés à clef durant plusieurs jours dans la cave d'une maison amie... »

Il n'oubliera jamais cette première expérience, méditera la défiance qu'il lui faudra sans cesse concevoir face aux engagements d'Hekmatyâr et de ceux qui, sous couvert de servir leur pays, poursuivent d'abord des ambitions personnelles. J'ai moi-même connu en 1961 en Algérie, au moment du putsch des généraux, des attitudes aussi peu fiables. Cela m'a aussi appris, très jeune, à me méfier des grands élans proclamés de patriotisme et de générosité qui, au moment de l'action, laissent place au pire des attentismes, voire à la trahison.

Mais Massoud va découvrir dans des conditions encore plus rocambolesques les engagements tortueux des services secrets d'Islamabad et la façon dont ils exploitaient Hekmatyâr. Sitôt sorti de sa mésaventure putschiste, poursuivi par les forces gouvernementales, le voilà contraint à l'exil. Il trouve refuge à Peshawar, au Pakistan, auprès des hommes d'Hekmatyâr, précisément, à qui il réclame des comptes. Mais il le fait avec tant de fougue et d'insistance que les panislamistes de l'armée en prennent ombrage. Il dérange au point

1. Il s'agit d'Ahmad Wali Massoud, aujourd'hui ambassadeur à Londres et président de la fondation Massoud.

que le voilà ceinturé, puis séquestré dans les locaux des services secrets pakistanais, où l'un de ses amis proches vient d'être liquidé. Il n'en réchappe qu'en s'emparant de deux pistolets qu'il braque sur l'officier qui dirige son interrogatoire. Enfin, il prend la poudre d'escampette et réussit à regagner son pays pour s'y terrer jusqu'à l'invasion soviétique.

Le Pakistan, c'est le cancer de l'Afghanistan. La subversion y est une arme ordinaire, la trahison, un expédient banal. « En Afghanistan, explique le politologue Jean-Philippe Conrard, la radicalisation des mouvements sunnites est antérieure à l'invasion soviétique, et est due à l'arrivée de nombreux enseignants islamistes d'origine étrangère, au début des années 1960. Elle est marquée par la création du *Gamaat I Islami*. Les querelles théologiques, mais surtout la rivalité ancestrale entre militants tadjiks et hazaras, durcissent les tensions entre un *Hizb I Islami* pachtoune et un *Gamaat Islamiya* persanophone. De même, les rivalités intersunnites s'aggravent. C'est ainsi qu'en juillet 1989, trente-six chefs de guerre sunnites, proches du commandant Massoud, sont abattus dans une embuscade tendue par les troupes d'Heykmatiâr[2]. »

_____

2. Publication de l'Institut de stratégie comparée. www.stratis.org

57

Massoud sourit, c'est chez lui une constante : « Si tu trompes les hommes, tu ne pourras pas tromper le Créateur. »

Durant la lutte contre les Soviétiques, comme après leur défaite, il sera invité à de nombreuses reprises à rejoindre les rangs du panislamisme. Il ne cessera de s'y dérober, ayant compris à la faveur de son expérience initiale combien cette adhésion serait opposée à sa vision de l'islam et à son patriotisme. Ainsi se souvient-il d'un échange de correspondance en 1983-1984 avec un général des services secrets pakistanais qui lui proposait son assistance pour l'instauration, après la défaite des Soviétiques, d'un régime dont il assumerait la présidence, et qui prendrait en charge la poursuite du combat pour le triomphe d'un islam conquérant : « J'ai décliné cette proposition, demandant simplement que l'on m'aide à assurer la liberté et l'indépendance de mon pays. Après la chute de Nadjibullah, à l'arrivée au pouvoir du président Rabbānī, le gouvernement auquel j'ai participé a commis une erreur tragique en croyant pouvoir accepter l'appui du Pakistan. Il ignorait que ce dernier, en raison de son "syndrome indien", ne pourrait jamais tolérer la mise en place à Kaboul d'un gouvernement fort qui ne soit soumis à son contrôle. C'est à ce moment qu'Islamabad commença à miser sur Hekmatyâr. L'échec de cette initiative décida Islamabad à reconnaître officiellement les Talibans en 1997 : un an après leur prise de pouvoir à Kaboul. Un an aussi après le renversement de Benazir Bhutto, première femme à avoir exercé les fonctions de chef de gouvernement dans un État musulman. Événement historique qui avait laissé espérer l'avènement d'un Pakistan démocratique et moderne, à l'image de son ennemi indien. »

Massoud rappelle ces souvenirs pour souligner que la barbarie du régime taleb ne s'impose au peuple afghan que grâce au soutien du Pakistan et qu'il ne manquera pas de s'effondrer tel un château de cartes le jour où le gouvernement d'Islamabad cessera de le parrainer. Il compte à cet effet sur la pression de la communauté internationale et demande à notre petit groupe d'en être l'un des initiateurs. Il ne revendique rien d'autre : le peuple afghan, nous annonce-t-il, se soulèvera tout entier pour soutenir l'alliance interethnique qui se constitue, et dont il va nous faire rencontrer les représentants...

5

La rencontre avec l'alliance interethnique afghane n'est pas banale. Massoud a organisé une réunion de travail sous sa présidence, ès qualité de « vice-président de l'État islamique d'Afghanistan[1], membre du Conseil de direction du Front uni ». Le lieu est symbolique : sur une crête montagneuse d'où l'on peut observer aux jumelles, échouées dans l'eau du fleuve, les carcasses rouillées de quelques chars, vestiges de la plus profonde des avancées taleb dans la vallée du Panchir. Nous avons arpenté le territoire contrôlé par le commandant en convoi de 4×4, précédé d'un pick-up chargé de partisans. Massoud nous présente des Pachtounes sunnites, venus de trois différentes provinces du pays, et parmi eux le prosaoudien Abdul Rab Rassoul Sayyaf, chef d'un parti intégriste violemment hostile aux chiites Hazaras avec lesquels il s'était

---

1. Le président en est encore Borhānoddin Rabbānī.

61

affronté très cruellement durant la guerre civile. À leurs côtés, sans gêne apparente, des représentants des Hazaras venus de Kaboul, mais aussi de Bāmyān où ils sont majoritaires, ainsi que de Mazār-é Charīf, dans le Nord. Enfin des Tadjiks, comme Massoud lui-même et l'un de ses trois adjoints, Younous Qanouni[2]. Chacun exprime son engagement aux côtés du commandant dans la lutte qui doit permettre au peuple afghan de se débarrasser des Talibans. Tous demandent aux représentants de l'Europe que nous sommes de veiller à ce que cessent dans ce pays les ingérences étrangères. Ils confirment dans une belle unanimité les propos de Massoud. Et nous sommes frappés par la solidarité dont ils font preuve, alors que tant de choses les séparent dans leurs physiques, leurs vêtements, leurs croyances et leurs traditions. J'avoue avoir basculé définitivement, dès lors qu'au milieu de ses alliés venus de tout l'Afghanistan, Massoud nous a dit qu'en aucune façon il n'avait la prétention de reprendre le pouvoir par les moyens militaires. En dépit des qualités tactiques que chacun lui prêtait, il pourrait peut-être rentrer dans Kaboul mais certainement pas y rester. Il désirait en fait seulement servir son pays, et non ajouter à ses souffrances.

---

2. Qui sera plus tard chef de la délégation de l'Alliance du Nord à la conférence de Bonn, les 4 et 5 décembre 2001.

Si, par exemple, des attaques à l'arme lourde ont causé de nombreuses morts civiles à Kaboul en 1998, Massoud précise qu'à l'exception de l'aéroport de Kaboul, ses partisans n'ont jamais attaqué la capitale.

« Les neuf dixièmes des habitants du quartier de Khaikhana, touché en septembre, viennent du Panchir, de la province de Parwan ou de la plaine de Shamali. Autrement dit, des régions qui nous sont acquises. Comment imaginer que nous aurions frappé notre propre peuple ? En fait, ce sont les Talibans eux-mêmes qui ont tiré ces roquettes. Il s'agissait de nous discréditer au moment même où les Nations unies examinaient la question de l'attribution du siège de l'Afghanistan à l'ONU. Nous avons proposé l'envoi d'une commission d'enquête onusienne, qui aurait pu établir la provenance exacte des tirs. Or les Talibans ont refusé cette proposition[3]. »

La vision qu'il nous donne de l'Alliance est logique, cohérente. Cette conférence au sommet est un acte politique. Certains d'entre nous, qui connaissent parfaitement l'histoire de ce pays, n'imaginaient pas une seconde qu'ils allaient se retrouver assis auprès de gens qui avaient trahi Massoud, ou dont les exactions de jadis avaient

---

3. Cf. *Politique internationale*, hiver 1998-1999.

terni son image. Et pourtant, ils sont là, les uns à côté des autres. Parmi eux, je l'ai déjà cité, Sayyaf, islamiste, redoutable massacreur (l'un des rares qui ne soit pas aujourd'hui dans le gouvernement). Il porte la barbe, le turban. On se demande pourquoi il n'est pas Taliban. Mais il est là. Il fait partie de la stratégie de l'Histoire. Je pense alors à tous ces chiens de guerre avec lesquels il a fallu pactiser, tels l'Ouzbek Abdul Rachid Dostom, entouré de sa horde de miliciens. Le commandant n'oublie rien. Mais rien ne compte que le bien commun. Chacun va s'exprimer au nom de son ethnie, de sa région, de sa province, confirmant que l'Alliance est réelle, qu'elle correspond à des implantations.

Ce jour là, Massoud me dit : « À toi de pratiquer la loyauté, à Dieu de dispenser son assistance. Deux personnages me guident pour la guérilla et la stratégie : Mao Ze dong et Sun Tzu. Le troisième m'inspire en politique : de Gaulle. »

Quelques heures plus tard, organisant pour nous une rencontre avec une vingtaine des prisonniers non-afghans détenus dans la vallée, il nous prouve son art très nuancé de la guerre. L'objectif est double : nous faire constater que ces hommes sont bien traités, et mesurer, en les interrogeant, leur degré de fanatisme. Dans l'ensemble, ils sont très jeunes, pakistanais pour la plupart, mais aussi arabes, tadjiks, ouzbeks et même un Birman et deux Chinois – tous recrutés dans les *madressas*, les écoles coraniques pakistanaises. Ils ont été regroupés dans une grande pièce. Ils sont assis sur des chaises ou à même le sol. Nous les questionnons à notre gré, mais en l'absence de Massoud, qui a eu la finesse de nous laisser seuls, avec un simple garde. Ils sont en bon état physique, alors que la population de la vallée souffre de manière endémique de disette. La nourriture est partagée. Certains sont détenus depuis plusieurs mois, capturés à l'occasion des offensives et contre-offensives. Parmi eux, il y a un leader, un caïd plus âgé, maître à penser, manifestement, dont les regards, les brèves interventions, l'autorité avec laquelle il ponctue ou achève les propos de ses compagnons prouvent que, même derrière les barreaux, l'embrigadement perdure. Nous les interrogeons sur leur parcours. Ils répondent librement, sans hostilité, mais avec une détermination farouche. Je me souviens d'un Chinois, si extraordinaire par sa différence physique, qui me semblait particulièrement symbolique. Comme tous les autres, il était arrivé à l'école coranique pour se perfectionner dans la religion. C'était son professeur luimême qui, un jour, l'avait engagé à se battre. En général, cette injonction intervenait au terme de moins d'un an. Tous ces hommes ont vécu des expériences similaires. Ils s'en font une sincère gloire, sous le contrôle ombrageux de leur patron. Ils savent qui nous sommes : des représentants politiques de l'Europe. La maîtrise qu'exerce leur caïd sur eux fait froid dans le dos. Ils répètent tous : « Notre cause est juste. » Ceux-là combattent à découvert, tandis que d'autres, essaimés à travers le monde, ont appris à poser des mines, à fabriquer des bombes, et à tuer sans faire de bruit. Quelques semaines plus tard, la journaliste américaine Judith Miller interviewera pour le *New York Times* un jeune terroriste pakistanais de vingt-six ans, à la voix polie, l'air réservé, Muhammad Khaled Mihraban, qui déclarera avoir déjà tué une centaine de personnes, peut-être davantage. Prisonnier de l'Alliance du Nord, il explique tranquillement que, s'il venait à être relâché, soit il reprendrait le combat sur place, soit, si on le lui demandait, il irait « à Londres, Paris ou New York faire sauter des femmes et des enfants pour l'islam. Oui, je le ferai[4]... »

Des fanatiques. Aucune crainte dans leurs yeux – c'est l'œuvre de Massoud qui se refuse au terrorisme carcéral. Mais, plus inquiétant : aucune réserve ni pudeur. Le défi est clair : « Oussama Ben Laden est notre héros, le plus grand, le plus pur héros de l'islam de notre époque. Son combat

---

4. *New York Times*, 16 janvier 2001.

est le nôtre. Nous ne regrettons qu'une chose : notre capture. Si Dieu nous rend la liberté, nous reprendrons les armes. »

À l'issue de cette visite, Massoud commente : « Il est bon que vous ayez pu observer ces hommes, et prendre ainsi conscience de la menace que constitue pour le monde entier l'implantation en Afghanistan de ce nid de frelons qu'est Al-Qaïda, dont le chef est aujourd'hui l'hôte du mollah Omar à Kandahar. »

Ce qui apparaît comme une évidence aujourd'hui, dans notre monde de l'après-11 septembre, est pour nous une révélation. Aucun journal, aucun reportage de télévision, aucun rapport d'experts ne remplaceront l'expérience sur le vif. Décidé à se défendre jusqu'au bout dans son réduit de la vallée du Panchir et des débouchés de la plaine de Shamali, Massoud nous a convaincus du bien-fondé de son alliance interethnique. Il nous a fait toucher du doigt le fanatisme. Il ne lui reste plus qu'à nous persuader de la force de son positionnement militaire...

L'inspection des lignes de front prendra deux jours. Elle s'opère sous la conduite du commandant et de Bismellah Khan, son commandant en chef pour la plaine de Shamali. J'y constaterai la véritable fascination que Massoud exerce sur ses hommes. Je l'ai dit au début de ce récit, en le voyant parmi ses troupes, éprouvant l'empathie, la fusion qui sous-tend cette synergie, je pense au maréchal Leclerc, héros de ma jeunesse. Aujourd'hui encore, près de soixante ans après sa disparition, il faut voir s'éclairer le visage des anciens de la 2e DB lorsqu'ils parlent de leur chef. Ils aimaient sa distinction, son panache, son mépris du danger, sa profonde humanité, son audace et sa compassion. Son souci permanent de la réussite de sa mission. « Massoud » est un nom de guerre signifiant « le chanceux ». Leclerc est également un pseudonyme, choisi pour protéger sa famille d'éventuelles représailles de l'occupant. À la différence de Leclerc, Massoud n'a pas étudié la stratégie dans les écoles. Sa qualité de commandant lui vient de l'expérience acquise sur le terrain, de sa connaissance de l'ennemi qui lui permettent de réagir très vite, et surtout de préparer les dispositifs nécessaires.

Telle est l'ambiance au quotidien : ses hommes l'entourent, ils attendent sa parole. C'est une adoration telle qu'on en oublie les ambitions autres que celle de faire plaisir au chef. Le danger est que, s'il se trompe, plus personne ne sera capable de le lui dire. C'est la rançon des chefs charismatiques : Leclerc remontant les routes de Tunisie, Bonaparte avec l'armée d'Italie. Jadis, Alexandre.

L'œil aux aguets, l'esprit critique, j'arpente le terrain. Ce que je vois de ses dispositions me persuade que son réduit est quasiment imprenable. Le lieu se prête à la défensive : pas moyen de pénétrer dans la vallée, ce sont des gorges extrêmement étroites. Aucun accès pour les blindés. Massoud tient le haut et le bas. Il ne peut y avoir de menaces que par le ciel, or, par chance, les Talibans ne disposent pas d'une armée de l'air, comme les Soviétiques. Les bombardements de Mig et les mitraillages d'hélicoptères ont laissé là-bas de cruels souvenirs. Pour autant, les Soviets n'ont jamais pu s'implanter ni rien saisir. Géographiquement, par sa configuration, l'endroit semble donc inexpugnable. Il y a des finesses de défense qui plaisent au soldat que je suis, telle la crête militaire d'où l'on peut surveiller les accès alors qu'il ne s'agit pas forcément du sommet. Avec peu de monde et de matériel, le commandant tient les points essentiels. J'apprécie en connaisseur.

En parlant avec ses subordonnés, je saisis une autre force, peut-être la principale, celle qui cimente son armée : il sait déléguer. À Vincent Hugueux, de *Politique internationale*, qui lui affirme que certains se plaignent de son autorité, il fait cette réponse savoureuse : « Nos activités sont réparties entre responsables. Il existe des sections politique, militaire, ou de sécurité. Aucun homme n'aurait les forces nécessaires pour tout faire. Parfois, des conditions spéciales imposent de prendre les choses en main... Dans mon esprit, le chef doit être au courant de tout, il doit tout voir de ses yeux. Et, surtout, ne pas se borner à siéger derrière un bureau... Quand j'inspecte une position militaire, j'examine d'abord la cuisine, je vérifie la propreté des plats et des marmites, je regarde de près les armes : ont-elles été correctement nettoyées, ou pas ? Les commandants locaux sont obligés d'en tenir compte. Ils savent que si je viens, ce n'est pas pour partager un repas comme tout invité de passage. Ils ne peuvent donc rien négliger. » Après avoir expliqué son plan, donné ses ordres, il fait une totale confiance à ses hommes. « Ce n'est pas seulement une question de comportement, mais de morale », m'explique-t-il. Et de fait, on ne saurait confondre vigilance et petitesse. Rien de plus frustrant que les chefs besogneux. Il en rajoutera même un brin devant moi, en s'accusant d'être « paresseux »... Des lignes impeccablement dessinées, des soldats fermes sur leurs positions, la troisième partie du programme préparé par le commandant est aussi convaincante que les deux premières.

Pour autant, résister n'est pas conquérir, et si, comme le dit la sagesse persane, « mieux vaut mourir que de vivre au gré de son ennemi », le Panchir demeure un espace fragile. C'est une terre de liberté, menacée d'asphyxie progressive : sa population souffre de disette, du fait d'une sécheresse persistante, alors qu'elle doit donner asile à des milliers de réfugiés dénués de toutes ressources, et malheureusement trop peu bénéficiaires de l'aide humanitaire, dont les Talibans mobilisent l'essentiel pour leur propre bénéfice.

Les camps du Panchir, par leur précarité, nous touchent jusqu'au fond de l'âme : villages improvisés où sont disposés des abris de terre, rangées de tentes aux toiles minces écrasées de chaleur l'été, frissonnant au vent glacé de l'hiver. Les réfugiés ont choisi la misère, plutôt que d'endurer l'esclavage des Talibans. Une rencontre avec les trop rares représentants internationaux des organisations d'aide humanitaire restés présents dans la vallée achève la démonstration qu'à cet égard Massoud n'a pas non plus menti. Le seul stock existant d'aide alimentaire nous est présenté sous un hangar. Le responsable n'ose pas en ordonner la distribution. Il est composé de milliers de bidons d'huile dont la date de péremption est encore lisible sous la rouille et la poussière, « septembre 1997 ». Ils sont arrivés là par des convois des Nations unies. Sans doute cette huile n'aurait-elle pas franchement empoisonné ceux qui en auraient consommé, mais les représentants de l'organisation sur le terrain ont craint les dysenteries, les allergies, les effets secondaires. On pense à l'huile frelatée espagnole... Y a-t-il eu malversation ? Vraisemblablement pas. Mais quelle incurie, pour ne pas dire quel mépris, de la part de gens qui se sont débarrassés de stocks encombrants. José Dubié en a été outré, estomaqué, lui, le vieux journaliste et globe-trotter qui a tout vu, tout entendu en travaillant sur l'international et sur l'humanitaire. Il n'en est toujours pas revenu...

6

L'intimité s'est installée entre le commandant et moi, rapidement, sans le truchement des interprètes. Confrontés à la même époque, 1992-1993, à de tragiques circonstances, lui à Kaboul en pleine guerre civile comme ministre de la Défense du gouvernement Rabbānī, moi à Sarajevo et Srebrenica comme commandant de la Forpronu, nous avons expérimenté la difficulté qu'il y a parfois à ne pas pouvoir cumuler les pouvoirs civil et militaire. Tous deux, nous avons vécu cette frustration dans notre chair ; elle a mené à certaines catastrophes ; le souvenir en demeure obsédant. Nous demeurons hantés par les échecs subis par la cause que nous défendions, celle de la paix, pour avoir accepté, en bons serviteurs, que les armes cèdent à la toge. Massoud regrette aujourd'hui de n'avoir pas pris le pouvoir quand il en était encore temps, lorsqu'il s'est aperçu que Rabbānī n'aurait jamais l'envergure nécessaire pour trouver avec Hekmatyâr le compromis nécessaire à la paix. Il se sent moralement responsable des souffrances endurées par ses compatriotes. Une détermination politique de sa part eut été salutaire. Il le sait, et ne cesse de s'en faire le reproche.

Lui et moi portons dans nos cœurs la même fêlure. À l'ami Massoud qui veut l'entendre de ma bouche, je décris mon parcours en Bosnie. Il en médite l'exemple. Je le sens déjà mûr, malgré l'avis inverse de mes compagnons : de chef de résistance, il est prêt à se métamorphoser en homme politique de dimension internationale. À Kaboul, en 1992, il n'était qu'un Bonaparte qui aurait refusé le 18 Brumaire. Si la pression internationale parvient à abattre les Talibans, son devoir, oui, son devoir absolu, sera de devenir un nouveau Cincinnatus.

Il sourit à cette évocation. Me demande de lui raconter mon histoire, dont il ne sait que les grandes lignes. Je lui avoue d'emblée avoir été tenté par la rébellion, en réfutant la relève de mon commandement de la Forpronu, en juillet 1993. Aux yeux du monde, j'étais « Philippe de Bosnie ». Une partie de la population semblait prête à me suivre. « Pourquoi cette tentation ? » interroge-t-il, soudain passionné. Massoud aime l'Histoire. En ces instants de mutuelles confidences, elle est le lien qui nous unit.

Lorsque, en janvier 1992, la décision fut prise d'intervenir dans les Balkans, c'était pour une mission classique de maintien de la paix dans le cadre d'accords préalables négociés par l'ONU avec Zagreb et Belgrade pour le déploiement d'une force d'interposition dans le territoire de Croatie occupée par les Serbes. Cette force devait démilitariser les zones correspondantes en Krajina et en Slavonie, et y assurer la protection des populations en attendant que la poursuite du dialogue permette le rétablissement d'une autorité légale et le retour des personnes déplacées. Elle fut baptisée force de protection des Nations unies : Forpronu.

En avril 1992, la république voisine de Bosnie-Herzégovine bascule à son tour dans le drame, provoquant le déplacement de centaines de milliers de ses habitants qui se réfugient dans des villes où ils manquent rapidement de tout. Quelques semaines plus tard, les spécialistes de l'aide humanitaire lancent un signal d'alarme. Si rien n'est fait d'ici à l'hiver pour leur porter secours, un million cinq cent mille personnes risquent de mourir de faim et de froid. Bernard Kouchner persuade alors François Mitterrand de se rendre à Sarajevo. Ce geste spectaculaire provoque une réaction telle que le mandat de la Forpronu est étendu à la Bosnie. J'en assumerai à Sarajevo le commandement avec pour première mission l'escorte des convois d'aide humanitaire, la garde des dépôts et la contribution à la distribution de l'aide aux populations les plus exposées. Très vite, une deuxième mission m'est confiée, celle de préparer sur le terrain les conditions pratiques de l'application du plan de paix négocié à Genève au sein de la conférence pour la paix en ex-Yougoslavie. Je rappelle en les résumant les objectifs d'alors : la levée du siège des villes principales, à commencer par Sarajevo, l'ouverture de routes permettant la libre circulation non seulement des convois humanitaires, mais aussi, progressivement, des personnes et des biens, afin d'aboutir à la démilitarisation de l'ensemble du territoire. À la lecture attentive des résolutions successives du Conseil de sécurité, je me découvre enfin une troisième mission, celle que je considérerai comme essentielle : s'opposer à la poursuite de la purification ethnique. Je l'ai dit dans *Mon Credo*[1] : l'enfer est pavé de bonnes résolutions. De fait, en dépit de mes demandes de renforcement, les troupes mises à ma disposition demeurent équipées de l'armement léger avec lequel elles avaient débarqué en Croatie, à l'évidence insuffisant dans un conflit ouvert et anarchique, où les belligérants enragent de ne pas nous voir prendre parti. Pas étonnant dans ces conditions, que nos

_____

1. Presses de la Renaissance, 1999.

soldats aient été mal accueillis, voire agressés, sans jamais disposer des moyens efficaces pour assurer leur droit et leur devoir de légitime défense – les forces de la paix restant, par la permanence d'une idéologie utopique, et malheureusement pernicieuse, l'arme au pied, dans une ambiance où le respect ne tenait qu'à la force, et où ils n'étaient autorisés à l'utiliser que lorsque leurs propres vies étaient en danger.

Au fil des semaines, je l'avoue à Massoud qui hoche la tête en m'écoutant, j'ai pu symboliser, bien malgré moi, à la fois l'impuissance, les bons sentiments, la honte, comme la paradoxale lâcheté de l'Occident. Non que mes actes eussent été en cause, mais le simple témoignage que je portais sur ce que je voyais, observais, prêtait à confusion. Ainsi par exemple je fus déclaré « *persona non grata* sur tout le territoire de la Bosnie-Herzégovine » en raison « d'affirmations inexactes et cyniques ». Quel péché avais-je commis ? Et qui me stigmatisait d'aussi drastique façon ? Un haut dignitaire serbe que mon arrivée à Srebrenica aurait exaspéré ? Nullement : un musulman bosniaque, le maire de Tuzla, qui n'avait pas admis qu'en qualité de technicien militaire je puisse dire à propos de la ville de Cerska n'y avoir relevé « aucune trace de massacre ». Je persiste et signe aujourd'hui : je n'y ai pas flairé l'odeur révulsante et douceâtre de la mort. Or, quelques semaines plus tard, c'était au tour des Serbes de m'accuser d'outrepasser mon mandat onusien et d'être devenu un agent des musulmans bosniaques. Rien de moins. Telles sont les très riches heures de la vie ordinaire d'un général de casques bleus.

Que suis-je allé faire à Sarajevo, puis à Srebrenica ? Le plan de paix élaboré par l'Américain Cyrus Vance et le Britannique lord Owen était en discussion. Il comprenait un découpage de la Bosnie en dix régions autonomes, sous administration respective des trois communautés croate, musulmane et serbe. Ce projet reconnaissait le droit des minorités, c'est-à-dire la possibilité pour chaque individu de demeurer sur le sol qui l'avait vu naître, dans la culture où il avait été élevé. Pour autant le général Mladic, commandant l'armée des Bosno-Serbes, ne cachait pas sa volonté de vider de leurs populations les enclaves musulmanes de l'est de la Bosnie pour constituer, sur la rive ouest de la rivière Drina, une province homogène érigée en barrière face à la région du Sandjak, peuplée en Serbie même d'une majorité de musulmans. Ce projet allait placer dans des conditions épouvantables les civils entassés par dizaines de milliers dans la ville de Srebrenica interdisant par là-même toute application du plan de paix. Je réussis donc à convaincre le président Milošević, qui commandait à Belgrade, de m'aider à mettre Mladic à la raison. La solution que je proposais était d'obtenir la démilitarisation non seulement de la ville mais de tous les villages environnants, pour permettre le retour dans leurs foyers des dizaines de milliers de réfugiés. Du côté musulman ne seraient autorisés à demeurer dans ces zones que des hommes désarmés. Ceux qui voudraient continuer le combat devraient s'exfiltrer pour rejoindre les régions voisines de Zepa ou de Tuzla ; personne ne leur demandait de se rendre. Simultanément, les milices serbes devaient se retirer pour permettre le retour progressif à une vie normale. Les forces des Nations unies assureraient par la présence le respect de la zone démilitarisée et la protection des populations.

Ce projet, accepté du bout des lèvres par la présidence bosniaque, imposé dans un premier temps à Mladic par Milošević, renforcé par la pression internationale, ne put malheureusement aboutir. Signé par tous, il aurait au moins impliqué un cessez-le-feu, un cessez-le-massacre. Mais au dernier moment, et au terme d'un véritable putsch de Mladic, le parlement des Serbes de Bosnie devait s'y opposer, prolongeant de deux années le calvaire des populations, en dépit des décisions du Conseil de sécurité des Nations unies de créer à travers le pays des « zones protégées ».

Srebrenica fut de celles-là, mais aucun moyen supplémentaire ne fut donné à la Forpronu. Et comme les hommes de Nassir Oric, commandant local des forces bosniaques, continuaient de harceler les Serbes, ces derniers, sous ce prétexte, n'acceptèrent jamais de desserrer leur étau autour de la ville. Et c'est ainsi que Srebrenica allait se muer en un camp de réfugiés, une « réserve d'Indiens » en péril d'extinction.

Ce que je raconte à Massoud, il le comprend parfaitement, tel un compagnon d'armes, se rappelant, pour sa part, l'agonie de Kaboul. Risquant ma peau sur les routes de Bosnie, palabrant interminablement avec les seigneurs de la guerre, m'efforçant pathétiquement d'éteindre avec un seau d'eau l'infernal brasier des Balkans, j'ai pu méditer sur la grandeur, mais aussi la servitude du métier militaire. Durant des mois mon action de chef de la Force de protection des Nations unies a irrité les politiques, lesquels se gardèrent bien cependant de jamais la critiquer officiellement. Lorsqu'il fut décidé en juillet 1993 de me relever de mon commandement, je ne pouvais imaginer quelle tragique fin serait celle de cette enclave, sinon je l'aurais à coup sûr évacuée au risque de me faire accuser de collaboration à la purification ethnique.

En juillet 1995, Massoud s'en souvient clairement, Srebrenica tombait aux mains des forces serbes, qui massacrèrent de sang-froid près de huit mille musulmans, en déportèrent vingt-cinq mille, sous les yeux des Casques bleus qui restèrent l'arme au pied. Si je n'avais pas agi de mon propre chef, ces mêmes massacres auraient eu lieu deux ans plus tôt. J'ai pourtant le sentiment d'avoir prolongé inutilement le calvaire des habitants de l'enclave.

Je me rappelle avec douleur cette époque. J'avais une réputation de « général Courage », c'était le surnom que l'on m'avait donné. Quand j'arrivais sur un barrage, où qu'il fût, je passais. Le président Alija Itzetbegovic m'avait octroyé le passeport bosniaque numéro 3 : le premier était le sien, le deuxième, celui du vice-président. Cela ne s'oublie pas. Je l'ai toujours sur moi, en même temps que mes papiers français.

En juillet 1993, alors que tout va mal, que mon commandement s'achève, j'ai un intime sursaut de révolte, songeant à lancer un appel à tous les hommes et femmes de bonne volonté, Serbes, Croates, musulmans, pour qu'ils se rebellent contre des leaders qui achèvent de les conduire à l'abîme. Je suis tenté de faire une percée, d'opérer une sortie, pour libérer enfin ce peuple de son asphyxie, de sa mort lente.

– Pourquoi ne l'avez-vous pas fait ? me demande Massoud.

– Par respect de la vie humaine, même si, aujourd'hui encore, je me demande si une telle action n'aurait pas été bénéfique. Par réflexion sur le risque et l'enjeu. Les forces adverses auraient pu tirer sur la foule. Beaucoup auraient pu se sauver. Pari possible, mais, aussi, quelle épouvantable boucherie. Par ailleurs, je représentais les instances internationales, et l'on m'aurait accusé d'outrepasser mon mandat. Ç'eut été m'incarner complètement dans ce peuple, devenir au sens historique, quasi mythique du terme, Philippe de Bosnie… mais pour quoi faire, exactement ? Je n'ai pas voulu d'un meurtrier baroud d'honneur. Ma tradition de légionnaire m'y aurait poussé, mais ma conviction de catholique veut que l'usage de la force militaire ne soit possible, je dirais même, morale, qu'en vue de la victoire. L'Église condamne les *desperados*. L'action guerrière va à l'encontre du commandement divin « Tu ne tueras point », aussi ne doit-elle constituer qu'un moindre mal. J'ai pensé : cela ne sera qu'un bain de sang de plus.

Si vous aviez été Bosniaque, vous auriez sans doute tenté cette sortie, m'affirme calmement Massoud. »

– Oui. Mais, général français, je devais y renoncer. Par cette décision, je me suis résigné à ne pas être Philippe de Bosnie… J'aurais voulu libérer Srebrenica, parvenir à la levée du siège de Sarajevo qui dura d'avril 1992 à décembre 1995 – le plus long du XXᵉ siècle... C'est à Sarajevo que j'ai compris ce qu'était le péché originel. Les hommes et les femmes, avec la meilleure volonté du monde, quelques jours avant les massacres, marchaient dans les rues côte à côte, Serbes, Croates, musulmans. Ils vivaient ensemble, il n'y avait pas de ghetto, et, très vite quand le drame s'est noué, ils ont été entraînés par la solidarité à l'égard de leurs propres frères, et ont été capables de toutes les atrocités inhérentes à la guerre civile – parce qu'il n'y a plus aucun contrôle des événements comme des consciences. J'ai conçu là la monstrueuse solidarité des hommes pour accomplir leur propre malheur. Mon souci était de briser cet engrenage infernal du sang, de la vengeance. Il fallait accomplir quelque chose de très fort, comme je le fis à Srebrenica. Cela m'avait acquis une aura extraordinaire, laquelle s'était répandue par-delà les frontières. Mais j'ai le sentiment de ne pas avoir été complètement au bout. Les moyens ne m'en ont pas été donnés. En conscience, également, je ne les ai pas pris. J'aurais tant voulu rester.

Massoud sourit silencieusement, de ce sourire asiatique qui vaut toutes les réponses. Il est lui-même hanté par le drame de l'embrasement de Kaboul, qu'il aurait pu éviter en prenant le pouvoir en lieu et place de Borhānoddin Rabbānī, élu en 1992. Il était le seul, alors, à posséder l'autorité qui eût permis d'imposer une négociation en vue d'un cessez-le-feu. Or, fin 1994, il résigne sa fonction de ministre de la Défense, et même s'il n'évacue pas définitivement Kaboul, il laisse le champ libre au chef du *Jamyat-e-Islami* dans sa lutte contre Hekmatyâr, les Ouzbeks, et Abdel-al-Mazari, chiite de Hazarajat appuyé par l'Iran. À la *choura* de Herat, grande réunion des chefs afghans, Rabbānī a rejeté le principe de la présidence tournante. Contrairement à sa promesse, il s'est maintenu au pouvoir : « Ce refus nous a coûté très cher, explique Massoud. Il a rejailli sur le Jamiat dans son ensemble, sur l'ethnie tadjike et, bien sûr, sur moi. Du coup, les institutions que nous cherchions à mettre en place ont été totalement dévalorisées. Comment, après un tel comportement, pouvions-nous espérer que les Afghans nous respectent ? Les Talibans se sont approchés par deux fois de Kaboul... En 1995, je les ai repoussés. Un an plus tard, ils revenaient. Alors que j'étais encore ministre de la Défense je disposais de vingt mille hommes, lesquels, en vérité, dépendaient de leurs leaders politiques. Mes alliés, mais jouant leur propre jeu... Comment démêler les alliances cryptées, les intentions sous-jacentes ? Impossible pour moi, par exemple, de punir des gens qui ne m'auraient pas obéi. Ç'eut été menacer la coalition. Lesquels, dans les mois qui suivraient, me resteraient fidèles ? Lesquels basculeraient du côté des Talibans ? Lorsque les fanatiques sont de nouveau arrivés aux portes de Kaboul, je n'avais plus aucune fonction politique. Je ne pouvais plus compter que sur deux à trois mille soldats du Panchir. À quoi m'aurait mené un ultime combat pour Kaboul ? À la destruction pure et simple de la ville, à la mort de milliers de gens ? Dans ce cas de figure, l'ennemi aurait réussi à nous couper la route du Panchir et nous aurait écrasés. S'accrocher à Kaboul aurait été héroïque de notre part, sans doute, mais aussi très stupide. »

C'est à moi de hocher la tête sans mot dire : nous portons en nous la même fêlure. Cela explique que nous nous soyons si rapidement reconnus frères.

Frères, nous le sommes aussi par la foi partagée en un dieu clément et miséricordieux, c'est-à-dire plein d'indulgence pour ses créatures qu'il a voulues partenaires de son amour, et non simples instruments de sa gloire. Il n'y a pas d'amour sans la liberté fondamentale d'accepter ou de refuser l'autre. Dieu a pris le risque de donner à l'homme la liberté de lui dire « non ». Il ne peut pas nous forcer. C'est pourquoi Il ne se montre jamais dans toute sa gloire, exception faite de saint Paul, d'où le rôle confié à cet apôtre.

À la parole : *Fiat !* il faut pouvoir rétorquer : *Non fiat !* Or, refuser un dieu de bonté qui veut notre bonheur ne peut conduire qu'au malheur. Le chrétien que je suis, et Massoud, le musulman, ont cette conviction commune : dans l'Évangile, le Christ est venu apporter la paix au monde ; dans le Coran, la paix est l'un des noms de Dieu.

« Dieu n'a pas pu vouloir autre chose que la liberté, face à tous les intégrismes », me dit Massoud.

Avant de repartir pour la France, j'aurai encore quelques brefs tête-à-tête avec lui. Sans cacher sa foi ni sa pratique, il n'évoque la religion qu'en privé. Nous en parlons durant nos trajets en 4×4, longeant les lignes de défense pour une croisade contre des hommes qui se veulent eux-mêmes des croisés d'Allah, de la puissance et de la gloire du Dieu unique. Massoud s'arrête pour faire sa prière. Il se place à l'écart, pieusement, sans la moindre ostentation.

Je me souviens de son regard porté vers le lointain, juste après la prière du soir. On entendait de nouveau les tirs des Talibans, de l'autre côté des montagnes. Je pensais, tel un jeu de l'esprit, à une supplique au destin : « L'année prochaine à Kaboul ? »

Je songeais aussi à « mes » diplomates du Quai d'Orsay qui s'imaginaient qu'en compensation du pied de nez de notre délégation aux Talibans, le « général en retraite » Morillon se rendrait peut-être dans la capitale afghane, histoire de calmer leur colère. Je l'ai dit : si Massoud me l'avait demandé, considérant que je pourrais y œuvrer utilement pour la paix, je n'aurais pas hésité une seconde. Mais je le vois, en tant que musulman, s'opposer farouchement au pouvoir des Talibans. À l'écoute de ses prisonniers, nous avons tous constaté l'influence qu'exercent cette tyrannie, ce lavage de cerveau, sur des êtres réduits à la misère ou sur des esprits faibles. L'exigence de Massoud est immense, à la mesure de ses montagnes : il veut la liberté pour son pays, la liberté de pratiquer sa croyance.

C'est l'un des rares moments où nous nous tutoyons. Nous évoquons Kaboul : « La première fois que je m'y rendrai, lui dis-je, je te promets que ce sera avec toi. »

7

Juin 2000. Strasbourg.

– Bonjour général.

– Bonjour madame la présidente.

Avec l'élargissement de l'Europe, les architectes ont vu grand, à Strasbourg. Sur les bords de l'Ill, le nouveau Parlement européen dresse son architecture d'acier, de glace, tout entière dévolue à la lumière. J'aime ses coursives immenses où circulent les gens de toutes les nations. L'ambiance y est à la fois feutrée et fébrile. Pour des résolutions des plus sérieuses, traitant de l'avenir du monde, mais aussi, parfois parfaitement minuscules et si spécifiques qu'elles feraient somnoler n'importe quel fonctionnaire. C'est l'Europe, telle la fonction militaire, avec ses petitesses et l'immensité de son destin. J'ai arpenté les couloirs, emprunté les ascenseurs, poussé la porte capitonnée du vaste bureau de la présidente. Nicole Fontaine sait à l'avance de quoi je vais lui parler. Le jour même de mon retour en

France, je lui ai adressé un rapport circonstancié sur notre voyage. Lorsqu'elle m'accueille, sitôt le nom de Massoud prononcé, je repère dans son regard le même éclair de lumière qui lui avait fait accepter mon départ. Nicole est persuadée qu'il faut aider Massoud à faire entendre sa voix à un niveau international, en lui offrant la tribune du Parlement européen. Elle lui envoie aussitôt un message, dont voici l'abrégé :

Monsieur le commandant,

…Vous symbolisez auprès du plus grand nombre des Européens l'héroïque résistance du peuple afghan contre l'armée soviétique qui tentait d'asservir votre pays. Je vous en rends hommage, ainsi qu'à tous vos compagnons de lutte, sans oublier les martyrs que cette longue lutte a faits dans vos rangs et dans votre peuple.

Aujourd'hui, je sais que vous luttez avec le même courage contre une autre forme d'asservissement, et qui est pire, dans la mesure où elle cherche à exploiter la religion contre la dignité et la liberté de la personne humaine. Nombreux sont les Européens qui sont effrayés de voir que l'on peut encore, en cette fin du XXe siècle, mépriser dans ce pays d'Afghanistan qui nous est si cher, les droits fondamentaux de l'homme et la démocratie.

Soyez assuré que, dans toute la mesure qui me sera possible, je m'efforcerai de convaincre les chefs d'État et de gouvernement européens de vous soutenir dans votre juste lutte. Dans le cadre de notre Parlement européen, le général Morillon continuera de multiplier les initiatives allant dans le même sens et il aura tout mon soutien.

Recevez, monsieur le commandant, l'expression de ma haute considération. Que Dieu vous garde, vous et votre peuple, et vous aide à retrouver la paix dans la liberté.

Nicole a le sens de l'histoire, doublé d'un vrai courage. Sans son accord, j'aurais pu, bien sûr, me rendre pour mon propre compte en Afghanistan, mais la démarche aurait eu une signification bien moins forte. N'en déplaise au Quai d'Orsay qui affichait « une neutralité active », c'était la première fois qu'une délégation parlementaire officielle comprenant des représentants de l'Europe avait rendu visite à l'ultime opposant aux Talibans. Obsédés par leur recherche de reconnaissance internationale, les fanatiques de Kaboul avaient protesté, répétant, telle une prière psalmodiée, qu'ils étaient l'unique solution de paix. « Hélas pour eux ! » s'est exclamé ironiquement Ponfilly, « hélas pour ceux qui ont transformé l'Afghanistan en émirat, rêvant de l'État le plus religieux du monde : tant que le Pakistan et plusieurs organisations soutenant un terrorisme islamiste seront derrière chacune de leurs actions, tant qu'ils abriteront Oussama Ben Laden, tant qu'augmentera la production de drogue, tant que les droits les plus élémentaires des hommes et des femmes seront bafoués, cette reconnaissance restera difficile à obtenir. Ils le savent, mais ne désespèrent pas d'y parvenir, comptant sur la faiblesse des démocraties occidentales et une tendance pour le moins étrange des Nations unies à composer avec eux ».

À Paris, au plus haut niveau de l'État, rien ne bouge. À Strasbourg, même si le projet d'invitation est fermement retenu, il faudra plusieurs mois avant qu'il ne soit concrétisé. Grand lecteur de maître Rūmī, le commandant m'avait un soir cité ces quelques vers du Rubai'Yat :

Il est bon de franchir chaque jour une étape,
Comme l'eau vive qui ne stagne pas.
Hier s'est enfui, l'histoire d'hier elle aussi est
    passée,
Il convient aujourd'hui de conter une histoire
nouvelle.

Elle avance en effet à pas de géant, mais les Talibans en sont les maîtres. L'été est arrivé, et tandis que les Occidentaux s'écroulent sur les plages en buvant des boissons fraîches, le 9 août 2000, après un mois de combat, les fous de Dieu pénètrent dans la banlieue de Taloqan, dans le Nord, près de la frontière tadjike, l'un des derniers bastions de la résistance. Ville stratégique, elle contrôle la voie d'approvisionnement qui relie la vallée du Panchir au Tadjikistan. Les journaux évoquent « le crépuscule de Massoud ». Une chance sur deux, pour lui, de repousser l'ennemi. Au fil des jours, une chance sur cent. Depuis plus de trois mois, les Russes ont semble-t-il interrompu leur soutien en argent et munitions. Massoud dément, bien sûr : « Depuis Eltsine, rien n'a changé avec les Russes. Nous ne recevons rien de plus, rien de moins. » Toutefois, il ne convainc pas : il semblerait que le patron des services spéciaux pakistanais, le général Mahmud, se soit rendu moins d'une semaine auparavant à Moscou pour des entretiens avec le général Nikolaï Patrouchev, son homologue du FSB (ex-KGB)…

Redoutable joueur d'échecs, Massoud dispute une partie pénible : si les Talibans avancent encore et se maintiennent à Taloqan, ils iront jusqu'au bout… Face à l'ennemi cinq fois supérieur en nombre, il va, avec ses moudjahidin, résister encore durant trente-deux jours. Avec des moyens dérisoires, il repousse trois vagues d'assaut, déjoue des dizaines d'embuscades, subit les bombardements. Mais ses quatre mortiers de 120, trois canons de 122 et trois chars ne font pas le poids. Dans la nuit du 5 au 6 septembre, le chef donne l'ordre de la retraite. Taloqan est évacuée.

Envoyé spécial du *Figaro*, Patrick de Saint-Exupéry raconte :

> *Dans l'obscurité, les moudjahidin ont plié bagage, amers, déçus, mais impuissants. Les habitants de Taloqan, cent mille personnes, ont suivi dans leur immense majorité. [...] Au petit matin, les vainqueurs ont pénétré dans une cité presque déserte. Ils étaient des centaines. Pachtounes, Ouzbeks, Arabes, Pakistanais. Parmi eux, des éléments de la brigade Al-Qaid formée par le terroriste saoudien Oussama Ben Laden, des soldats pakistanais libérés de leurs obligations le temps d'une campagne afghane, des volontaires du jihad, des mercenaires en rupture de ban et, bien sûr, les Talibans, qui ont célébré la victoire en exigeant presque immédiatement que leur soit attribué le siège de l'Afghanistan aux Nations unies[1].*

---

1. *Le Figaro*, 26 septembre 2000.

La Russie, jusqu'alors alliée objective de Massoud, est devenue lointaine. Tandis qu'à New York, dans le palais de verre de l'ONU, les présidents ouzbek, tadjik et kazakh avertissent la communauté internationale : « L'Afghanistan est devenu un champ de pavot, une base d'entraînement et un refuge pour le terrorisme des extrémistes. C'est une menace pour le monde, une base de déstabilisation potentielle pour toute la région. »

Cependant, poursuivant les conversations amorcées au niveau des services secrets, le président Poutine rencontre son homologue pakistanais, le général Musharraf. De cet entretien, il ressort que l'Afghanistan, ce « royaume de l'insolence », sera abandonné à la tutelle d'Islamabad. Moscou ne lèvera pas le petit doigt pour contrecarrer l'avancée des fous de Dieu. Massoud est seul. Celui que l'on appelle avec ironie à Kaboul « Batcha-Saqao[2] », « le fils du porteur d'eau », est à la fois farouche et désespéré.

À Saint-Exupéry, il explique : « Pour la première fois cet été, l'armée pakistanaise est intervenue directement en Afghanistan. Une cérémonie a été organisée il y a peu au stade militaire de

---

2. Du nom de ce Tadjik supplicié et pendu à Kaboul en 1929 pour s'être approprié le titre de « serviteur de la religion des messagers de Dieu » et s'être fait proclamer émir sous le nom de Habibollah II. Il fut renversé par le général Nader Khan qui s'empara du trône et rétablit le pouvoir pachtoune.

Peshawar pour célébrer la mort d'un adjoint du général Sayed-Ul-Zafar, officiellement décédé au Cachemire, mais tué en réalité à Taloqan, au cours des combats. Je n'ai aucun soutien étranger. Si j'en disposais comme les Talibans, l'histoire aurait été différente. Mais, là, durant tout l'été, je n'ai pour ainsi dire pas pu faire voler mes hélicoptères. Quant aux munitions, il est presque impossible d'en acheter : les Russes exigent du cash, beaucoup. Nous avons résisté des années durant. Maintenant, je ne sais pas ce qui va se passer. Une chose est sûre. Ceux qui espèrent que les Talibans se contenteront de l'Afghanistan ont tort. Ce n'est que la première étape de la conquête de l'Asie centrale... »

Tandis que Massoud se replie vers sa vallée du Panchir, ultime bastion et berceau de sa légende, les Talibans frappent plus que jamais à la porte de l'ONU : « Vous devez prendre en compte la réalité ! » exige leur ministre des Affaires étrangères. Et de fait, la nouvelle donne pourrait inciter un certain nombre de pays à reconnaître le régime de Kaboul. C'est l'époque où la France accueille le mahlawi Abdoul Rehman Zahid, numéro deux de la diplomatie taleb. Officiellement, selon le Quai d'Orsay, il n'est pas question de reconnaissance ; mais cette visite pourrait être un premier pas. C'est en tout cas ce que craignent les Américains, qui, après avoir encouragé en sous-main les Talibans, récusent désormais leur régime.

Inch Allah... Je me souviens de l'amertume avec laquelle Massoud, qui ne niait nullement son appartenance de jadis à la mouvance islamique, constatait la confusion mentale chez ses prisonniers issus des medrassas :

« Ben Laden et ses complices les ont trompés en leur faisant croire qu'ils participaient au jihad. En s'adonnant au terrorisme, cette arme des lâches, ils commettent en fait un péché ; ils violent les préceptes de l'islam qui interdit de créer des dissensions parmi les musulmans. Nous, au temps de notre jeunesse, lorsque nous militions pour la révolution au nom d'Allah, nous voulions plus de justice : celle qui est enseignée par le Coran. Nous voulions que notre pays appartienne à ses citoyens, pas uniquement à la famille. L'islam en tant que religion devait parfaire l'État, et non conserver l'ordre ancien d'une tradition ancestrale. Nous voulions une république islamique tolérante, respectant les droits et libertés de l'homme, prônant les règles de la démocratie. C'est pourquoi j'ai toujours été et demeure opposé à toute forme de fanatisme. C'est pourquoi je haïssais le communisme. Je le dis aujourd'hui à tous ceux qui combattent en Afghanistan, à ceux qui y portent le feu, le fer, et y versent le sang : ils ne recevront jamais la bénédiction de Dieu pour ce qu'ils font à mon pays. »

Ce message d'un musulman, je l'écoute, et j'en saisis l'exact sens : le « jihad », dans sa conception sunnite traditionnelle, est d'abord l'effort permanent et personnel que tout croyant doit opérer sur lui-même pour s'améliorer dans la voie de Dieu. C'est le message d'un humaniste. Dès lors, je ne cesserai de tenter de réveiller les consciences. En tous cas de faire entendre la voix du lion blessé. Le 7 septembre 2000, je réclame dans l'hémicycle une prise de position des autorités du Conseil et de la Commission, afin que l'Union européenne dégage une solution politique et que cessent les bains de sang. À la veille du débat à Strasbourg, le 4 octobre, *Libération* accepte de publier sous ma signature un appel dénonçant le désintérêt de la communauté internationale. Le lendemain même, le Parlement adopte la résolution suivante, saluée dans le Panchir comme miraculeuse. Lecture juridique sans doute un peu aride dans ce récit, mais dont la teneur politique est essentielle. La voici, réduite au plus bref :

Le Parlement européen,
Exprimant ses vives préoccupations suite aux récentes offensives des Talibans, ayant abouti à

la chute de la ville de Taloqan [...] Rappelant que le conflit incessant a déjà entraîné des souffrances indicibles pour le peuple afghan et qu'il menace la stabilité de la région [...] Considérant que selon l'ONU, un million d'Afghans environ ont été mutilés par des mines terrestres, que plusieurs millions de personnes vivent dans des camps de réfugiés, et que des milliers de civils essaient encore aujourd'hui de fuir Kaboul et les zones contrôlées par les Talibans pour éviter de vivre dans un régime d'apartheid [...] Considérant que de nombreux intellectuels musulmans ont dénoncé la violation, par les Talibans, des droits de l'homme fondamentaux ainsi que l'interprétation arbitraire et barbare de la charia [...] Considérant que les femmes furent soumises à des formes de répression psychologiques et corporelles extrêmes [...] Condamnant l'apologie par les Talibans du terrorisme international et du développement de la culture de la drogue sur les territoires qu'ils contrôlent et soulignant que l'Afghanistan a augmenté sa production de façon exponentielle [...] Considérant que les ressources provenant de ce commerce sont en outre utilisées pour financer la guerre par les Talibans contre l'Alliance du Nord [...] Invite instamment le Conseil à maintenir les mesures de restriction adoptées, aussi long-

temps que le régime taliban poursuivra sa politique de discrimination inacceptable à l'égard des femmes [...] Invite les États membres à user de leur influence auprès des pays voisins de l'Afghanistan, et en particulier du Pakistan, pour qu'ils cessent toute ingérence dans les affaires afghanes [...] Demande à nouveau aux deux autres pays qui ont reconnu le régime taliban de mettre un terme à toute forme de soutien à ce régime et de l'isoler sur le plan diplomatique [...] Demande à cet effet au Conseil de sécurité de mettre en place un embargo sur les exportations des armes vers l'Afghanistan [...] Rappelle son attachement à la recherche d'une solution politique qui permette de rétablir la paix, la stabilité et le respect du droit international et des droits de l'homme [...] Invite instamment le Conseil à contribuer politiquement à restaurer la paix en Afghanistan, notamment en coordonnant ses initiatives avec les pays voisins, en particulier la Russie et l'Iran [...] Charge sa présidente de transmettre la présente résolution au Conseil et à la Commission, au secrétaire général de l'ONU, ainsi qu'aux autorités talibanes, à l'Alliance du Nord et aux gouvernements du Pakistan, de l'Arabie Saoudite, des Émirats arabes unis, de l'Inde, de la Chine, de la

*Russie, de l'Iran, de l'Ouzbékistan et du Tadji-
kistan.*

Acte symbolique majeur, adopté à une majorité
écrasante, mais qui, malheureusement, ne modifie
en rien la situation sur le terrain. Je continue de
recevoir par le canal de l'ambassade afghane à
Paris des renseignements de plus en plus alar-
mants. La présence de troupes pakistanaises est
clairement établie à Kunduz et Taloqan. La situation humanitaire, surtout, ne cesse de se dégrader.
À la sécheresse et aux ravages de la politique de
terre brûlée pratiquée par les Talibans, s'ajoutent
les conséquences d'un hiver très rude qui ont
entraîné dans le Panchir une crise jamais connue
en vingt-deux années de guerre.

Le 8 novembre je lance, cette fois dans *Le
Figaro*, un nouveau cri d'alarme refusant la
confortable neutralité d'une communauté internationale qui théorise la passivité. Le 29 novembre enfin, je reprends mes appels à l'aide dans
l'hémicycle du Parlement. À l'occasion d'un
débat général, j'expose que plus de trente mille
familles, dont la moitié sans abri, sont privées de
tout dans les plaines de Shamali, dans la vallée
du Panchir, ainsi que dans la zone Nord où les
communications restent encore très difficiles
avec le Tadjikistan. La température oscille entre
−3 et −6 °C à cette époque de l'année dans la

région. Pour tout approvisionnement, chaque famille n'a reçu qu'un sac de blé au cours du dernier mois. Il faut envisager de toute urgence une solution d'aide humanitaire, prévoir notamment un dépôt de vivres à Duchanbé. Comme nous avons su le faire en d'autres temps et en d'autres lieux, il faut organiser un pont aérien.

Ce ne sera pas par le biais du Conseil européen mais par celui du Conseil de sécurité des Nations unies que viendra la réaction de la communauté internationale. Le 19 décembre 2000, l'ONU décide l'application des premières sanctions : par sa résolution 133, elle prescrit la fermeture des camps talibans, la livraison de Ben Laden aux États-Unis, l'éradication de la culture du pavot, l'embargo (des armes et aérien), sauf pour l'Alliance du Nord, et la fermeture des représentations talebs à l'étranger. Le 19 janvier 2001, embargo total sur les armes. Cette nouvelle est accueillie avec le soulagement que l'on devine. Je n'aurai pas, quant à moi, obtenu grand-chose dans ce combat, sinon le réconfort de savoir que mes prises de position ont pu mobiliser les consciences. Qu'elles ont été rapportées au commandant, là-bas, dans le Panchir, et qu'il a su que je ne l'abandonnerai jamais.

Wali Massoud me téléphone de Londres : « Savez-vous que beaucoup de nos amis réfugiés à l'étranger poussent mon frère à un exil qui lui permettrait de poursuivre sa lutte ? Devinez ce qu'il leur répond : "S'il ne me reste de territoire que la superficie de mon *pakol*, je resterai dans mon *pakol* !" »

8

Si, comme en est persuadé Massoud, Allah réclamera des comptes aux Talibans pour les exactions accomplies dans son pays, il est un terrorisme pour lequel ils ne se sentiront jamais coupables : celui qui provoque la mort des *kafirs*, des infidèles. « Ils attendent au contraire des remerciements pour cela, considérant que Dieu les a déjà bénis, explique-t-il. Il n'est pas si difficile de connaître leur vraie nature. Ce sont des gens qui prennent leurs mères et leurs sœurs pour des *kaniz*, des servantes, et leurs frères pour des *ghulam*, des esclaves. Si l'Occident et le monde arabe n'ont pas été capables de voir une réalité si claire, si évidente, c'est que le jeu politique pakistanais les a trompés et aveuglés. »

Début février 2001, des yeux se dessillent : les collections d'art bouddhique du musée de Kaboul sont fracassées par les nervis des ministères de « la Promotion de la vertu et de la Répression du vice », ainsi que de « l'Information et de la

Culture »… 17 février 2001, les forces talebs s'emparent de Bāmyān. Le 26, en représailles contre les sanctions internationales qui le frappent, le mollah Omar, écumant de rage, lance sa fatwa : « En raison du verdict des religieux et de la cour suprême de l'émirat islamique, toutes les statues en Afghanistan doivent être détruites. »

Lors d'un colloque à l'UNESCO, le 2 mars 2001, notre chargé d'affaires en Afghanistan confie à l'écrivain Thérèse de Saint-Phalle qu'il a pu rencontrer le nouveau ministre de la Culture afghan : « Je lui ai bien marqué notre préoccupation pour le patrimoine mondial de l'humanité… » Cruelle, mais lucide, l'écrivain lève les yeux au ciel et soupire : « Personne ne prendra l'initiative d'un conflit armé pour sauver les trésors de l'Afghanistan. Les ligues féministes ne bougent pas d'un pouce pour aider leurs sœurs afghanes, qui n'ont même pas le droit de voir un médecin. L'indignation du mol Occident restera verbale. Les durs s'amusent : aucune goutte ne fera déborder le vase extensible des démocraties. »

Au lendemain de la chute de Bāmyān, alors que le mollah Omar menace *urbi et orbi* d'en dynamiter les deux grands bouddhas, l'Organisation de la Conférence islamique (OCI) intervient : la Thaïlande, l'Inde, le Sri Lanka, l'Iran, et le Metropolitan Museum offrent d'acheter les statues visées.

C'est alors que le 14 mars, les Talibans annoncent la destruction complète (mines, explosifs, obus de chars) des deux colosses sculptés à 2 500 m d'altitude, à flanc de montagne. Hauts, respectivement, de 53 et 35 m, ils veillaient depuis 1500 ans sur les caravanes de la route de la soie. Leur sourire de silence, dû à l'art gréco-bouddhique, est pulvérisé. Acte purement politique, qui sanctionne la défaite du mollah Omar face à l'ONU. Le surlendemain de son forfait, le maître de Kaboul ordonne de sacrifier cent vaches dont la viande sera distribuée aux pauvres, afin d'expier le retard dans la destruction des bouddhas. Sa vengeance s'inscrit dans une tradition lointaine, ancrée dans l'histoire. En 1920, déjà, notre chargé d'affaires à Kaboul écrivait à son ministère :

Monsieur Barthoux me fait savoir que ses travaux de fouilles à Hadda viennent d'être totalement bouleversés. Sur l'ordre du clergé musulman, vingt-six statues ont été détruites. Devant l'hostilité des indigènes et l'absence de protection du gouvernement afghan, notre archéologue se prépare à rentrer à Kaboul. Nous avons expédié une protestation. Je doute que cette réclamation donne un résultat : l'émir ne risquera pas un soulèvement du fanatisme.

Mars 2001, la barbarie a frappé. Elle a aussi fait prendre conscience à l'humanité qu'elle venait de perdre un élément majeur de son patrimoine. En termes de guerre psychologique, c'est une erreur. Là où les Occidentaux, sous couvert de *Realpolitik*, n'agissaient guère pour faire cesser le malheur des hommes, l'atteinte à la transcendance pétrifiée des bouddhas va faire l'effet d'un électrochoc. L'homme de la rue se sent directement défié et bientôt menacé. Les Talibans ne se contentent plus d'écraser des vies, par définition périssables, ils touchent à des symboles d'immortalité. Pour les croyants de toute religion, et pour les musulmans en particulier, le choc est plus grand encore, car les fous de Dieu prétendent ainsi redéfinir le véritable islam, insultant le peuple afghan en lui indiquant l'impureté de sa croyance durant plus de mille ans. S'autoproclamant les meilleurs musulmans de la planète, ils affichent leur mépris pour tous les autres, lesquels en prendront ombrage.

À l'occasion du débat qui s'ensuit le 15 mars au Parlement européen, Nicole Fontaine me demande s'il n'est pas temps de faire venir Massoud au plus vite à Strasbourg. Je ne puis qu'approuver sa proposition. Elle lance alors une invitation informelle pour la session plénière d'avril, les présidents des groupes parlementaires ayant donné leur accord de principe, « étant entendu que chaque groupe resterait maître des modalités d'une telle rencontre ». Par retour du courrier parvient aussitôt un même accord de principe de l'ambassade d'Afghanistan à Paris, mais dans lequel Massoud ne cache pas sa volonté que sa visite ne soit pas informelle.

Il est temps que les résolutions soient suivies rapidement d'actes concrets, précise l'ambassade. Le choc provoqué par la destruction de notre patrimoine par la milice taleb a créé, au sein de la communauté internationale, un mouvement de sympathie pour le peuple afghan que nous ne pouvons pas laisser retomber. Que l'Europe soit à l'origine d'un processus de paix ne ferait que confirmer sa volonté d'intervenir dans le monde, de manière positive pour que les êtres humains, quelle que soit leur couleur ou leur religion, puissent vivre dignement.

Il est clair, ici, que Massoud a une réaction gaullienne. Son sens de la dignité, mais aussi sa prudence, car il ne se rendra à Strasbourg que s'il y est reçu avec les honneurs dus à son rang de vice-président du gouvernement afghan, s'expliquent par l'accueil assez misérable qui vient d'être réservé à son entourage par les gens du Quai d'Orsay. Le docteur Abdullah Abdullah, ministre des Affaires étrangères, et Homayoun Tandar, chargé d'affaires auprès de l'ONU, ont en effet été reçus par le directeur pour l'Asie. Ils ont eu par la suite un entretien avec notre chargé d'affaires à Islamabad, responsable des relations avec les Talibans, et en ont retiré le sentiment que Massoud ne serait pas le bienvenu en France, en tous cas à Paris. Massoud ne veut pas risquer un déplacement qui ne contribuerait pas à lui donner la stature internationale dont il a besoin pour faire passer son message... Or, c'est précisément à moi qu'incombe de lever ses hésitations !

Je vais le faire, en étroite liaison avec le cabinet de Nicole Fontaine, en rencontrant à Paris Homayoun Tandar, auquel je donne toute garantie que le Parlement, en la personne de sa présidente et de chacun de ses groupes politiques, accordera au commandant toute l'attention qu'il mérite et que mérite le sort du peuple afghan. Le programme de sa visite sera très dense. Il bénéficiera de la plus large audience. J'accepte en outre de servir d'intermédiaire pour une entrevue finale à Bruxelles avec Louis Michel, ministre des Affaires étrangères de la Belgique, en passe d'assumer l'exercice de la présidence du Conseil de l'Union, ainsi qu'avec Javier Solana, son haut représentant. Ce qui avait paru impossible au cours de l'année écoulée s'est débloqué en quelques jours, grâce à la faute des Talibans...

Pendant ce temps, « dans l'Orient compliqué », comme aurait dit de Gaulle, Massoud fait appel à Karim Aga Khan, chef spirituel mondial des musulmans ismaéliens, dont il avait sauvé les fidèles d'Afghanistan, en 1999. L'Agha Khan met aussitôt à sa disposition son avion personnel pour le voyage du Tadjikistan à Paris.

Paris... On aurait pu rêver d'une visite à l'Élysée ou à Matignon. Et même, pourquoi pas, les deux ? Mais les groupes humanitaires français et les diplomates du Quai d'Orsay veulent éviter tout conflit, les premiers avec Kaboul, les autres avec le Pakistan (client important pour l'armement français). Ils veillent au grain. Sitôt que Dominique de Villepin, secrétaire général de l'Élysée, a eu confirmation de l'invitation de Massoud au Parlement européen, il s'y intéresse, avec la passion qu'on lui connaît, songeant qu'avant toute intervention face à l'Europe une entrevue avec Jacques Chirac serait hautement positive. Mais ce point de vue tout personnel ne saurait se matérialiser sans l'aval du gouvernement Jospin. Je n'entrerai pas dans le détail de minuscules secrets d'état, cependant, il est évident qu'entre Matignon et l'Élysée, l'information n'est pas passée. Du côté de Jospin, lequel devait précisément ce jour-là effectuer un déplacement à l'étranger, on renâclait à l'idée de voir l'opposant afghan à l'Élysée. Au ministère des Affaires étrangères, on a alors pris l'affaire en main. Des coups de téléphone ont été échangés entre cabinets, sur le mode : « Croyez-vous que cela soit vraiment opportun ? Le commandant Massoud est en perte de vitesse. Son territoire s'amoindrit de mois en mois. Une réception, même officieuse, par le président de la République, placerait la cohabitation dans une position délicate face aux autorités de Kaboul. De même sur le plan intérieur... » Tel est l'état d'esprit, dans ses grandes lignes. Un certain nombre de non-dits, d'abstentions de part et d'autre, de semi-mensonges aboutiront à un passage à la sauvette de Massoud, le 4 avril au matin, sous les lambris du Quai d'Orsay. Rendez-vous de raccroc, alors que les services du ministère avaient fait savoir à Homayoun Tandar « qu'il n'y aurait rien ». Au final, un petit déjeuner, rien de plus, où Hubert Védrine éludera les deux objectifs de Massoud : pression sur le Pakistan et aide alimentaire spécifique. Politique du « ni-ni » : Jospin, ne pouvant recevoir le héros du Panchir lors de son escale à Paris, se refusait à en laisser l'initiative à Chirac, lequel ne s'est pas précipité. Triste affaire. Un an plus tard, du fait de ses fidélités personnelles, ou de ses relations de courtoisie avec Védrine et Villepin, Bernard-Henri Lévy expliquera ce ratage de façon plus que pudique : « Il va de soi que je ne retire rien de ce que j'ai pu dire, à l'époque, des insuffisances de la position française ; il va encore de soi que rien, jamais, n'effacera en moi le chagrin d'avoir vu Massoud venir en France, choisir notre pays pour plaider la cause de la liberté afghane, et trouver porte close au sommet de l'État. Au moins Hubert Védrine a-t-il sauvé l'honneur, mais quelle tristesse ! Quel gâchis ! Mais bon… » L'honneur, vraiment ? C'est aller un peu vite en besogne.

Jeudi 5 avril au matin : je n'ignore pas la déception que vient d'éprouver Massoud à l'instant où je l'accueille, lui et sa suite, sur l'aéroport de Strasbourg. Le seul élément positif de la veille a été la façon dont Christian Poncelet l'a reçu au Sénat. Mehrab me raconte qu'il a été invité avec splendeur. Ambiance feutrée, amicale, mais pas forcément unanime : un sénateur proche du Quai d'Orsay glisse à l'oreille de Patricia Lalonde, de l'association Solidarité Panchir : « Votre grand homme a du sang sur les mains. » Haussement d'épaules d'une tierce personne à l'adresse dudit sénateur et de ses amis : « Le seul sang sur leurs mains est celui du gigot, le dimanche, après la messe. »

En serrant les mains du commandant avec une chaleur toute particulière, je m'efforce de lui apporter le réconfort de mon amitié, et la garantie qu'il sera mieux écouté à Strasbourg qu'il n'a été entendu à Paris. Il est 7 h 30 du matin. Je le convie à un petit déjeuner privé avec François Bayrou, lequel, à l'issue de cette rencontre, se fera un plaisir, ès qualité de député européen, mais aussi de président de l'UDF, de déclarer à l'AFP : « C'est l'honneur du Parlement européen, de sa présidente Nicole Fontaine, que d'avoir permis au commandant Massoud d'accéder à une tribune internationale... » Baume au cœur... Soupir de notre part en songeant à Paris...

Cela étant, force est de reconnaître que Massoud est en partie responsable du sort qui lui a été réservé, car il ne s'est présenté qu'au titre de vice-président d'un gouvernement dont Rabbānī demeurait officiellement président. Encore n'était-ce qu'un demi-mal : l'année précédente, il n'était que ministre de la Défense. C'est à partir du moment où je lui ai affirmé qu'il ne pourrait être dignement reçu par le Parlement européen qu'à condition d'occuper une fonction nettement plus importante, qu'il s'est déterminé à prendre la vice-présidence... Lors de notre mission au Panchir, j'étais allé plus loin encore, insistant pour qu'il prît la place de Rabbānī, dont le destin n'était plus depuis de longues années en Afghanistan. Il lui fallait relever ce flambeau. Il en avait la légitimité. Il ne l'a pas fait. Hélas.

Avril 2001. Face à sa déception parisienne, il est clair que ce n'est pas dans le cadre de Strasbourg, et encore moins à l'issue du désastre de Taloqan, que je vais lui demander plus ample explication. L'Orient a ses mystères, ses intérêts croisés, ses luttes d'influences...

Pourquoi n'a-t-il pas saisi le pouvoir ? Se sentait-il trop isolé dans son nid d'aigle ? La défaite de Taloqan avait-elle inscrit en lui une inquiétude fondamentale ? Avait-il manqué de temps pour prendre les dispositions nécessaires ? Ces questions me hantent. En 1997, trois ans avant notre mission parlementaire, Bertrand Gallet et Christophe de Ponfilly avaient rencontré Massoud dans son PC du Front uni des forces d'opposition[1]. Or, ce jour-là, il s'était exprimé avec une rare liberté à propos de Rabbānī. Presque de la violence : « J'ai toujours eu des difficultés avec mon propre parti : pendant le jihad contre les Soviétiques, Rabbānī a souvent envoyé des armes à mes adversaires, à d'autres commandants qui ne partageaient pas mes conceptions politiques. J'ai toujours eu du mal à obtenir des munitions, y compris les missiles sol-air Stinger qui ont été donnés par les Américains à partir de

---

1. Cf. *Événement du jeudi*, 4 septembre 1997.

1987. Tout cela n'est pas apparu au grand jour pendant la guerre, car nous ne voulions pas compliquer les choses en révélant nos problèmes internes… »

Gallet et Ponfilly réagissent promptement, demandant à Massoud s'il met en cause le président du *Jamyat*. Réponse directe : « Oui. Nos différences de conceptions remontent à 1978, avant même l'invasion soviétique. Nous étions alors réfugiés au Pakistan et nous voulions lutter contre le régime communiste. Je désirais entrer en Afghanistan pour mener la guerre chez moi, dans le Panchir. Rabbānī pensait qu'il valait mieux rester à Peshawar pour organiser l'opposition en exil, tout en cherchant les soutiens internationaux. Rabbānī est, certes, le drapeau de notre parti… mais seulement au sens où le drapeau suit le vent. Il y a ceux qui veulent dominer les événements, et les autres, qui suivent le mouvement en espérant avoir du pouvoir. Rabbānī est de ceux-là. »

Tel est l'homme qui vit dans un confortable exil depuis des années. Pendant ce temps, Massoud se bat dans son pays, il intervient sur la scène internationale. Le voici parvenu devant le bâtiment central du Parlement européen, lequel s'ordonne autour de l'hémicycle.

En principe, pour qui n'est pas chef d'État, l'accueil a lieu dans le salon d'honneur de la présidence, au cœur de l'immense vaisseau. La présidente y rejoint directement ses invités, sans descendre jusqu'au perron. Protocole très strict. Or, en désaccord avec l'usage, et au grand dam du service dudit protocole, Nicole Fontaine va accueillir Massoud dès l'arrivée du cortège de voitures, dans la cour où flottent les drapeaux de l'Union européenne. Geste symbolique. Elle lui souhaite la bienvenue, le conduit à l'intérieur. Derrière eux, les présidents de groupe de l'Assemblée et la délégation afghane : le docteur Abdullah, Homayoun Tandar mais aussi Saïd Anwari rencontré dans le Panchir l'an dernier, Arif Noorzay, Piran Qul[2], Wali Massoud[3], Massood Khalili[4]. Naturellement aussi, Mehrab, le fidèle entre les fidèles, Merhabodin Maastan que j'ai l'impression de connaître depuis toujours. Groupe représentatif de toutes les provinces et ethnies d'Afghanistan. On imagine la fureur à Kaboul...

De fait, le jour même, crépite une dépêche AFP :

Kaboul, 5 avril – L'invitation d'Ahmad Shah Massoud en Europe est « un exercice futile » qui ne peut qu'entretenir la guerre dans le pays,

2. Membres du Haut Conseil d'État de l'Alliance du Nord.
3. Frère du commandant Massoud, ambassadeur à Londres.
4. Ambassadeur en Inde.

a affirmé un responsable taliban. « L'inviter personnellement est un acte de tyrannie contre le peuple afghan car ils (ses interlocuteurs) vont lui donner l'ordre de combattre plus », a affirmé le vice-ministre taliban de l'Intérieur, le mollah Khaksar.

Au Parlement européen de démontrer que l'« exercice » n'est pas si « futile » : chaque groupe politique tient à bénéficier d'un créneau particulier. Massoud, accueilli à 9 heures, n'aura aucun répit jusqu'à 19 heures. Installé avec sa suite dans le salon protocolaire, vaste pièce pouvant accueillir une trentaine de personnes, il ne quittera ce lieu que pour une conférence de presse de quarante-cinq minutes, suivie par les médias du monde entier, et pour un déjeuner de travail offert par la présidente, auquel participent tous les présidents de groupe. Tout au long de cette journée, une foule de parlementaires et de hauts fonctionnaires se presse autour de lui dans un mouvement qui rappelle l'accueil reçu la veille, à Paris, de la part de la diaspora afghane. Lors des rendez-vous avec le parti populaire européen (PPE) et le parti socialiste européen (PSE), le salon se remplit au point que de nombreux participants doivent rester debout. Durant les deux dernières heures, les temps réservés dans les studios du Parlement

pour les médias audiovisuels seront insuffi-
sants. Certains journalistes devront se contenter
d'interviews avec des membres de la suite de
Massoud. À quoi tient ce brusque engouement,
qui contraste de façon si flagrante avec la frilo-
sité des gouvernants ? Quelques mots simples
me viennent à l'esprit : « les bouddhas de
Bāmyān »...

Le vice-président afghan s'est exprimé en
français, mais aussi en persan, pour la communauté en exil. Son étape parisienne lui a permis
de constater un net regain de popularité auprès
des médias internationaux. Il a surtout pu vérifier auprès de la diaspora la solidité des liens
avec l'Alliance du Nord. Il a rencontré nombre
de ses compatriotes, dont certains, opposés à
l'action de son parti pendant la guerre civile,
sont venus le reconnaître comme seul recours
contre la barbarie. Salué, légitimé par les siens,
il va faire entendre à Strasbourg la voix de son
peuple. Son exposé sur le détournement de la
guerre sainte est particulièrement éclairant :
« Le Pakistan nous aidait au moment du jihad,
mais son projet pour l'avenir était de réduire
l'Afghanistan à l'état de marionnette, avec un
gouvernement fantoche. Son but était de se
doter d'une profondeur stratégique, et d'une
dimension panislamique. Parce que la plupart

de nos chefs résidaient au Pakistan, Islamabad a réussi à les diviser, empêchant ainsi la création d'une formation politique unique qui servirait d'axe national. Après la victoire, le Pakistan s'opposa par tous les moyens à la stabilisation durable d'un gouvernement. Pour ce qui a trait à la guerre ethnique ou raciale, aux différences politiques, aux tensions religieuses, aux oppositions entre Nord et Sud, je ne dirai pas que tout cela a été fomenté par le Pakistan, évidemment. Ces questions ont existé tout au long de l'histoire afghane, causée par les injustices du passé. Seulement, le Pakistan les exploite… »

Il revient à Massoud de convaincre le monde que son pays peut constituer une seule et même nation, que sur cette terre ravagée par vingt années de guerre, il n'y a pas de fatalité, qu'entre l'islam révolutionnaire et l'intégrisme réactionnaire existe une alternative. Trop longtemps décrit tel un seigneur de la guerre, il est d'abord un stratège. « Dix fois, on l'a défait, observe Saint-Exupéry. Dix fois, il renaquit de ses cendres. À chaque fois plus faible peut-être, mais toujours fidèle au poste. »

Lorsque nous nous retrouvons, à la nuit tombée, à l'hôtel où il est descendu, Massoud me dit son soulagement d'avoir pu décliner à satiété auprès d'un tel auditoire le message qu'il nous avait confié dix mois plus tôt à Bozarak. Il avait eu, alors, l'impression de jeter une bouteille à la mer. Ce soir, il est heureux, souhaitant seulement que ses paroles ne restent pas lettre morte. Côté bruxellois, en effet, adoptant l'attitude dont Paris avait donné l'exemple, aucun des deux commissaires européens qui auraient pu ou dû le recevoir ne lui a donné audience. Chris Patten, Britannique en charge des affaires étrangères, était absent du Parlement – piètre excuse dont il ne se prévaudra nullement, d'ailleurs. Quant au Danois Poul Nielson, chargé du développement – donc de l'aide humanitaire –, il ne s'est même pas donné la peine de faire recevoir quelqu'un de la délégation afghane par l'un de ses subordonnés. L'idée ne paraît pas l'avoir effleuré.

Une chose demeure certaine : l'usage de la tribune européenne a permis au chef de la résistance d'obtenir une reconnaissance internationale. Commentaire de Nicole Fontaine : « Le voici désormais considéré comme un interlocuteur privilégié pour l'établissement d'un processus de paix auquel participerait l'ensemble des parties au conflit. »

À Kaboul, les Talibans ont saisi cette vérité, aussi, alors qu'un attentat est prévu contre lui depuis déjà près de dix mois, (l'enquête le démontrera), ils décident d'en hâter l'exécution. Le mollah Omar demande à Oussama Ben Laden de presser ses réseaux. En acquérant sa véritable dimension, Massoud est devenu plus que gênant. Le sort de l'Afghanistan ne dépend plus des armes, mais de la politique. Réduit sur le plan militaire, le lion du Panchir vient d'ouvrir un nouveau front, diplomatique celui-là, qui risque de les déborder. Au lendemain de sa visite à Strasbourg, il rencontre en effet Javier Solana, haut représentant du Conseil de l'Union, et le ministre belge Louis Michel. Voyage qui se soldera deux jours plus tard par une lettre des autorités pakistanaises à Nicole Fontaine, transmise par leur ambassadeur à Bruxelles, demandant à la communauté internationale d'« entrer en discussion avec toutes les parties du conflit afghan, sans perdre de vue les réalités du terrain et en conservant le degré de neutralité essentielle ». Exactement ce à quoi nous avions rêvé en mettant au point notre stratégie dix mois plus tôt !

Pour autant, nous n'avons pas attendu ce courrier pour faire monter la pression. La prochaine étape sera la présence de Massoud à l'Assemblée générale des Nations unies, au mois de décembre. J'ignore alors que je vis mes dernières heures avec lui.

Il va reprendre l'avion de l'Agha Khan, retourner dans son nid d'aigle.

Je l'embrasse, et le quitte, heureux de le savoir satisfait.

9

Massoud monte la passerelle mobile jusqu'à
l'entrée de l'appareil. Je regarde cet homme qui
porte avec lui l'espoir d'un peuple. Deux jours
plus tôt, il a réclamé à la communauté internationale une aide humanitaire. Chaque heure qui
passe la rend plus dramatiquement nécessaire.
Les réfugiés ne cessent d'affluer dans la zone
demeurant sous contrôle de l'Alliance du Nord.
Fuyant le régime de Kaboul, ils arrivent par
camions dans les camps dirigés par l'ONU, un
millier par jour en moyenne, exode permanent
qui bouleverse bien des données démogra-
phiques et économiques.

À l'instant où, se retournant, Ahmad Shah
m'adresse un ultime signe de la main, j'ai
conscience qu'il incarne le destin de ce pays
martyr, où les femmes vivent voilées, dans la
terreur ; où tout leur est interdit : l'éducation,
la vie active, l'accès à la santé ; où les hommes
courbent la tête sous la loi d'un islam dévoyé,

dépossédés de toute liberté de pensée comme de conscience, empêchés de tailler ou de raser leurs barbes sous peine d'emprisonnement ; rigoureusement privés de musique, contraints de ne pratiquer d'autre art que la calligraphie, interdits de jeux d'argent, amputés de toute vie ordinaire, sauf à être châtiés par la trique, la corde ou la hache, pour infidélité à Dieu ou pour idolâtrie.

Les mois passent. À l'été 2001, ultime période de sa vie alors qu'il n'a que quarante-huit ans, le commandant est isolé sur le plan militaire. Position précaire. Territoire réduit à peau de chagrin, soumis aux incessants coups de boutoirs de l'artillerie taleb. Hormis ses compagnons d'armes, ses confidents se comptent sur les doigts de la main. Politiquement, sa situation s'est radicalisée : il est au bord de la rupture avec le président Rabbānī et en conflit ouvert avec Abdul Rassoul Sayyaf, le « massacreur » que j'ai rencontré lors de la réunion au sommet organisée pour notre délégation, l'un des sept chefs historiques qui ont renversé le régime de Nadjibullah, fondamentaliste pachtoune proche des Saoudiens. La mésentente s'est aggravée depuis que, parallèlement à son offensive diplomatique en Europe, Massoud a approuvé le principe d'un retour au pays de l'ancien roi Zaher Shah. Non qu'il s'y soit résolu de gaieté de cœur. Il a longuement hésité, mais – et c'est ici que l'on retrouve l'aspect gaullien du personnage – il a bien senti qu'une ouverture vers la légitimité monarchique pourrait, vis-à-vis de la communauté internationale, aider à l'éviction des Talibans. Le « parti » de Rome, du nom du lieu d'exil du roi, entre alors en action, agissant en symbiose avec les Américains dont le souci – alors même que l'attaque sur les Twin Towers n'a pas eu lieu – est de préparer l'après-Talibans.

Zaher Shah, du fait de son grand âge et de la multiplicité des intérêts en jeu, ne saurait être mis aux commandes effectives de l'État, mais sa seule présence à Kaboul serait facteur de cohésion nationale. C'est un Pachtoune, et il est très respecté, aussi bien par la diaspora que par son peuple. Élément important du point de vue psychologique : les malheurs de son pays ont commencé dès qu'il en fut chassé. Il laisse le souvenir d'une sorte d'âge d'or : on allait à Kaboul pour y mener la *dolce vita*. La capitale afghane était un haut lieu de rendez-vous de la *jet society* sur la route de la soie. Est-ce représentatif, au regard de la misère d'un peuple ? Nous ne parlons pas ici de politique, encore moins d'économie, mais de nostalgie et de mythe… Massoud est conscient qu'il va falloir s'appuyer sur Zaher Shah, son aura est quasi religieuse. Des contacts s'établissent avec

Rome, sous la houlette de Younous Qanouni, homme d'une vive intelligence sur lequel il fonde de grands espoirs. « Seriez-vous prêt à voir le roi personnellement ? » ai-je demandé à Massoud lors de sa visite à Strasbourg. Sa réponse a été affirmative, sans la moindre ambiguïté.

Pour autant, la seule idée que Zaher Shah puisse constituer une option provisoire fait écumer les fondamentalistes. Contre l'avis de Rabbānī et de Sayyaf, le commandant rencontre (à Douchanbé durant l'été 2001) une mission à laquelle participent des Américains, pour mettre au point la solution « d'union nationale ». S'il s'y rallie, il demeure toutefois sceptique sur la réaction de ses hommes. Partisan d'une république islamique, il collabore au projet pour sauvegarder l'intégrité de l'Afghanistan face aux empires voisins : Iran, Russie, Inde, Pakistan, Chine. Sans oublier l'empire du mal, symbolisé par Ben Laden, qui le ronge de l'intérieur.

Septembre 2001, Massoud est inquiet. Il a beau répéter comme à son habitude que « tout va bien », l'activisme politique qui l'entoure est dangereux. Beaucoup de ses compagnons parmi les plus influents sont partis pour l'étranger ; certains, par pure vénalité, se sont ralliés aux Talibans ; d'autres, demeurés loyaux, mais sans intelligence politique, lui en veulent de s'être allié avec d'anciens communistes, comme le général Bismillah Khan, et de leur avoir conféré des grades importants. À la veille de son assassinat, il éprouve une intense solitude. « Elle convient à Dieu », disent les Persans, qui ajoutent, « elle est plus désagréable que la mort : l'homme seul ressemble à un corps sans tête ».

Au soir du 9 septembre, je reçois un coup de téléphone. C'est Mehrab, voix étrange, comme étouffée, étranglée : « Mon général, le chef... il est mort... ils l'ont tué dans un attentat... » Il me donne quelques détails, mais craint les écoutes téléphoniques. Il me répète, comme soudain effrayé par l'écho de ses propres mots, que la nouvelle doit demeurer secrète. Secret absolu, le temps que, « là-bas », les dispositions soient prises. Les Talibans ont lancé une nouvelle offensive ; annoncer la disparition de celui qui, depuis tant d'années, est symbole de *baraka*, conduirait à la débâcle.

À l'heure où Mehrab m'appelle, la nuit a submergé Khodja Bahauddine, village du Nord comme on en voit des milliers, brûlant l'été sous sa propre poussière, avec pour seule protection ses murs de glaise épaisse entourant des bâtisses en pisé aveugles. Paysage assez triste. L'arrivée s'y fait en hélicoptère, par l'ex-URSS. Comme le dit plaisamment Jean-François Deniau : « C'est la voie des Parisiens qui veulent se faire prendre en photo avec Massoud. » Rien à voir avec les sites grandioses du Panchir, de l'Hindu Kuch, ou du Nouristan célébrés par Kipling. Mais c'est là que Ahmad Shah a établi son quartier général. Après la chute de Taloqan, la bourgade est devenue « capitale administrative » de la République islamique d'Afghanistan. Du jour au lendemain, ses maisons basses aux cours envahies par la volaille se sont métamorphosées en « ministère de la Défense », « ministère de l'Intérieur », « ministère de l'Économie ». C'est la loi ordinaire des gouvernements provisoires, légitimes et clandestins. Structures fantômes durant des années, peut-être un jour puissance officielle avec tapis rouge à l'ONU, si Dieu le décide. Immense avantage : Khodja Bahauddine est hors de portée des tirs d'artillerie talebs.

En septembre, la nuit tombe plus vite, elle dure plus longtemps. Le 8, veille de la tragédie, une paisible obscurité a envahi les ruelles à l'amorce de la saison fraîche. Parfums de bois brûlé, mêlés de relents de gazole. Ciel très pur. Quelques aboiements de chiens errants dans le lointain... Il est tard, les lumières sont éteintes, hormis l'embrasure ombreuse et dorée d'une fenêtre – toujours la même –, souvent jusqu'à l'aube. Dans le couloir, derrière la porte, le garde du corps du commandant, en l'entendant discuter avec ses hôtes, grommelle : « Amir Saab ne dormira jamais… »

Massood Khalili est auprès de lui. Le lendemain midi, il réchappera de l'attentat, criblé d'éclats métalliques, aveugle de l'œil droit, sourd de l'oreille droite, grièvement brûlé sur tout le corps. Cinquante-huit ans, ambassadeur d'Afghanistan en Inde – poste stratégique –, il est fils d'un grand poète soufi. Poète lui-même et ami de Massoud depuis plus de vingt ans.

Les deux hommes aiment à se rappeler leur première rencontre. C'était en 1980, un soir, ou plus exactement, à la tombée de la nuit, sur un petit chemin de montagne, à l'est du pays. Khalili était parti à la recherche de ce fameux commandant qui avait pris la tête de la résistance à l'envahisseur soviétique. Il marchait depuis deux bonnes semaines, lui, né avec une cuiller d'argent dans la bouche, plus habitué aux cocktails mondains qu'aux marches forcées à l'ombre de l'Himalaya, lorsqu'enfin, épuisé, assis sur un rocher, il le voit arriver, souriant, accompagné de quatre gardes du corps.

En temps de guerre, l'une des vertus premières est de posséder un excellent service de renseignements. Massoud sait très bien qui est cet homme :

– Comment allez-vous, M. Khalili ?

– Mal… Je suis à bout de forces, et je souffre des dents.

– Vous avez de la chance ! Je connais quelqu'un qui vous soignera à la perfection.

– Un dentiste ? Ici ?

– Non : un barbier.

Ainsi est née une grande amitié[1].

Plus de vingt ans plus tard – le 6 septembre 2001 –, alors que Massood Khalili est supposé se rendre en Afghanistan à une date encore indéterminée, le commandant l'appelle à New Delhi. Il le presse de venir :

– J'ai besoin de toi.

– Bien sûr.

Doutant de l'urgence de la rencontre, Khalili hasarde :

– Si ça n'est pas important, je viendrai la semaine prochaine…

– Non, non, non. Si tu es debout, cours ! Si tu es assis, lève-toi et cours !

Cette voix rendue plus métallique par le téléphone satellite, Khalili la connaît bien, elle peut être aussi tranchante que douce, ou moqueuse – comme par exemple, lorsque Massoud réussit à intercepter des communications d'officiers tali-

---

1. Anecdote racontée par Jean-Marie Ponteau et Marc Epstein dans leur ouvrage *Ils ont assassiné Massoud* (Robert Laffont, 2002).

bans. Intervenant dans leurs conversations, il déverse sur eux des tombereaux de sarcasmes, de provocations et d'insultes. Juste après, il éclate de rire, comme soulagé, et ravi de la bonne farce.

Le temps d'obtenir son visa auprès des autorités tadjikes, et Khalili s'envole le 7 septembre pour Douchanbé, d'où il compte rejoindre, comme nous l'avions fait nous-mêmes, la vallée du Panchir. Dans l'avion, il pense à son ami. Une phrase trotte dans sa tête : « Où que je sois en Afghanistan, je suis avec lui. » Que se passe-t-il ? Est-ce la prochaine réunion de l'assemblée générale des Nations unies, à New York, le 25 septembre, qui l'incline à une telle impatience ? La ligne de front est-elle en danger ?

Lorsqu'il arrive à Douchanbé, surprise : le commandant est là, qui l'attend, en personne. « Tu vois, dit Khalili, je me suis levé et j'ai couru. Quelle est l'urgence ? »

Massoud a ce sourire lumineux auquel personne ne résiste : « Tu me manquais... »

Lorsque Ahmad Shah se sent épuisé par ses campagnes, au fracas des obus, à la violence, il fait succéder des instants de paix. Massood Khalili, le poète, représente alors pour lui le repos de l'esprit. Inventif et souriant, écrivain délicat, connaissant des milliers de vers par cœur – il les récitait jadis, de sa voix grave, au micro de *Radio Afghanistan* –, il adoucit le sort de son ami, le faisant rêver lorsque les heures sont trop âpres. Sa seule présence, sa profonde culture, ses dons de conteur deviennent une absolue nécessité.

Au matin du 8 septembre, les deux hommes s'envolent à bord de l'hélicoptère soviétique poussif et rouillé, dans lequel mes compagnons et moi avons connu quelques émotions. Peu avant d'atterrir, Massoud se penche vers son compagnon, et, désignant les frondaisons, lui dit : « Tu vois comme c'est beau, ici, à l'automne ! »

Aussitôt arrivés, les deux hommes se dirigent vers la maison où Massoud reçoit ses visiteurs. Ils déjeunent ensemble, puis se rendent dans la salle de réunion pour une séance de travail avec quelques conseillers militaires. Le projet de Massoud est de préparer la contre-attaque sur Taloqan ; il compte pour cela sur l'appui du général ouzbek Dostom. Le principal souci du chef de l'Alliance du Nord est d'unifier une véritable armée avant l'hiver. Le briefing s'achève à 17 heures. Tandis que Massood Khalili s'éclipse, Massoud entame un nouveau conseil, plus spécialement stratégique. Tout le monde se retrouvera pour le dîner. À 11 heures du soir, Massoud demande à ses lieutenants de se retirer : « Khalili et moi avons à parler… »

La nuit s'avance. Sans le savoir, Khalili partage le privilège de vivre avec lui ses derniers instants de détente et de paix. Je lui ai demandé de nous les raconter. Voici la lettre qu'il m'adresse dans ce style délicat, oriental, qui lui est propre. Je n'en retranche pas un mot :

Cher général,
Ahmad Walli m'a appelé de Londres. Il m'a dit que vous écriviez un livre sur son frère, et que vous souhaitiez y évoquer les heures où le commandant et moi, nous étions ensemble, parlant de choses diverses, pour enfin finir par lire de la poésie. C'est si dur de se rappeler cette nuit où j'ai perdu un ami, ma dernière nuit avec lui, mais par respect pour vous, je vais m'en souvenir une fois encore...

Nous étions tous les deux dans l'un des villages les plus reculés d'Afghanistan sur la rive de la rivière Oxus. Cette nuit-là était aussi calme qu'un vieil homme fatigué, pleine d'histoires et de légendes datant d'au moins trois mille ans. L'automne avait déjà touché les arbres de ses doigts d'or, et laissé ses couleurs rousses et pourpres sur chacune des feuilles, dans les jardinets enclos de terre. Tout était si silencieux qu'on pouvait entendre murmurer les fleurs et les herbes d'automne. Par la fenêtre du commandant, le vent soufflant du nord vers le sud apportait l'atmosphère humide et calme des eaux de la rivière mélangée aux parfums des vergers. Nous étions tous deux étendus sur des matelas posés à même le sol. Il ne faisait pas froid, mais l'hiver s'avançait... Le ciel était aussi cristallin que le bleu profond des eaux de la Méditerranée ; les étoiles, comme suspendues au toit de la chambre scintillaient si près que, par la fenêtre, nous aurions pu les toucher, les sentir, leur parler. La rivière Oxus, non loin de nous, coulait, majestueuse, elle qui avait charrié des myriades d'histoires où se mêlaient les riches et les pauvres, Dieu et le Diable, les conquérants et les conquis. Elle semblait une flèche d'ombre en plein cœur de l'histoire humaine. Nous étions seuls, avec la douce rumeur des eaux, à la lueur d'une petite lanterne, tous les deux allongés, fixant le plafond et parlant du passé : la guerre contre les Soviétiques, la première fois où nous nous étions rencontrés... C'était comme un film que nous déroulions, tantôt vite, tantôt lentement, faisant des pauses – et riant. Ni lui ni moi ne pouvions nous douter de ce qu'il allait advenir. Nous ignorions le destin. Il était tard, vraiment. Nous en avions fini avec les discussions politiques et militaires. C'était juste avant le matin, autour de 3 h 30.

Soudain, le commandant me regarde et dit : « Assez avec les Talibans, avec Al-Qaïda et les Pakistanais. J'ai ici le *Divan*... »

C'est un recueil monumental, d'un art merveilleux, du poète persan Hāfiz, un soufi. Personne n'a pu l'égaler depuis sept cents ans. Le commandant en possède l'édition complète, reliée de blanc, avec notes et commentaires. Il se délecte de ces textes, les *ghazal* – littéralement « gazelle » –, ainsi nommés parce que leur frémissement évoque l'instant où la bête pourchassée comprend qu'elle va mourir. Le *ghazal* chante cette seconde d'éternité où s'affrontent les regards de la proie et de son prédateur. Mutuellement fascinés, ils se perdent en eux-mêmes ; la mort est là, inéluctable, par-delà la terreur et la pitié ; l'acceptation, à cet instant, est immense. Elle s'apparente à la puissance de l'amour. La tradition veut que ceux qui désirent ou souhaitent quelque chose ouvrent le livre pour y lire un signe du destin – un *faal*. Ils pointent le doigt au hasard. Les premiers vers qui tombent sous leurs yeux ont valeur de prémonition. Alors, quoiqu'il arrive, ils s'exclament : « Aha, voilà ce que dit Hāfiz à propos de l'avenir ! »

Le commandant se redresse, saisit l'ouvrage et me le tend :

– S'il te plaît, ouvre-le pour moi, et lis !

– Tu as raison, ne nous laissons pas envahir et polluer par le monde. Comportons-nous comme deux amis au bord de la rivière, au milieu de la nuit. Rūmī nous le dit :

Réveille-toi, oh, réveille-toi,
les amants se parlent,
racontant les secrets de leur cœur.
Au milieu de la nuit,
ils volent comme des oiseaux autour des portes
  et du toit,
ils ferment toutes les portes, toutes les fenêtres,
à l'exception des portes de leurs cœurs.

« Dis-moi ce que Hāfiz raconte sur aujourd'hui et sur demain », reprend le commandant.

J'ouvre le livre et murmure : « Au nom de Dieu très miséricordieux et très clément... » La pièce embaumait l'automne. Il s'étendit sur le dos, fixant le plafond de bois. Je commençai à lire...

Pour cueillir le fruit du cœur, plante l'arbre de
  l'amour,
arrache l'arbre de l'hostilité qui apporte
  d'innombrables souffrances.
Savoure la nuit, savoure la nuit,
savoure cette nuit où nous sommes tous deux,
où nous parlons.
Car beaucoup de nuits vont suivre,
beaucoup de jours s'écouleront,
beaucoup de mois passeront
beaucoup d'années s'évanouiront.
Mais tu ne pourras plus,

non, tu ne pourras plus
vivre encore une telle nuit.
Savoure-la, savoure-la !

Le commandant s'assied soudain sur son matelas, jambes croisées en tailleur. Ses yeux s'agrandissent, ses sourcils se rapprochent, son menton touche sa poitrine. Il plisse le front, puis, redresse la tête, me regarde, comme stupéfait, en soupirant : « Oh, Dieu, quel poème, quel poème ! »

Comme d'habitude, il me prie de l'interpréter. Je réponds simplement : « Hāfiz nous dit : Vous deux qui êtes ensemble, au milieu de la nuit dans l'un des villages les plus pauvres et les plus reculés d'Afghanistan, savourez une telle nuit, et n'oubliez pas que vous ne pourrez pas la revivre une autre fois. Pourquoi ? À cause de la guerre, de notre destin, à toi, à moi ? »

Là-dessus, il ne répond pas. Le commandant hoche la tête :

– Comment expliques-tu ces mots : « vivre encore une telle nuit » ?

– Chaque jour est unique, c'est ce qui rend si précieuse notre existence. Chaque nuit est nouvelle, qui, jamais, ne se répétera. Ici et maintenant, Hāfiz nous avertit qu'elle est exceptionnelle.

Le commandant hoche de nouveau la tête, observant à voix basse : « Peut-être, peut-être ! »

Je poursuis la lecture d'autres poèmes. Notre conversation s'évade vers d'autres cieux, quand soudain, revenant à la nuit de Hāfiz, il me demande :

– Te souviens-tu du poème que tu m'avais lu l'année dernière, dans le Panchir. Il avait le même sens, non ?

– J'ai lu tellement de vers de lui que je ne vois pas desquels tu parles...

– Mais si, souviens-toi, il y était encore question de la nuit, mais avec le mot « enceinte ».

J'acquiesce aussitôt et récite :

– *Le monde n'est qu'une histoire pleine de tromperie, la nuit est enceinte, regarde ce que sera l'enfant de la nuit...*

Le commandant s'exclame étrangement : « Quelle nuit ! Quelle nuit ! »

Il se tait un instant, puis ajoute : « On ne sait jamais ce que sera l'enfant de cette nuit, bon ou mauvais... »

Il était 4 heures du matin. Je me souviens que nous restâmes très calmes, encore trois ou quatre minutes ; enfin, nous nous séparâmes. Huit heures plus tard, il partit pour toujours. Je fus grièvement blessé. Nous ne pouvions pas, non, nous ne pouvions imaginer... Mais une chose est sûre : nous l'avons savourée, cette nuit... Les années ont beau passer, sitôt que l'ombre s'étend sur la terre, j'y pense. J'y repenserai toujours... « Quel poème ! quel poème ! Quelle nuit ! quelle nuit ! » La voix du commandant résonne dans ma tête. Elle retentit dans mon cœur, telle l'ultime cloche d'une caravane qui a perdu son chef dans une tempête du désert.

10

Les deux assassins s'appellent Kassim et Karim[1], tous deux Tunisiens, ils se font passer pour des Marocains. Le « reporter », lunettes d'intellectuel, larges épaules, 1,85 m, environ trente-cinq ans, porte une chemise bleue à manches courtes et un pantalon noir. Le « cameraman », vingt-cinq ans, costaud lui aussi, est plus enveloppé, moins athlétique. Il est vêtu d'un T-shirt gris et d'un pantalon de type militaire à poches multiples. Si le premier a le verbe aisé, notamment en français et en anglais, l'autre est quasiment muet. Nul n'arrive en zone d'Alliance du Nord sans être attentivement observé : ces deux-là passent leurs journées à manger, dormir et prier.

Ils sont entrés sur le territoire contrôlé par l'Alliance du Nord courant août. Le 31, la journaliste Françoise Causse les rencontre. Elle quitte la

_____

1. Leurs vrais noms révélés par l'enquête : Abdessatar Dhamane et Rachid Bouraoui el-Ouaer.

vallée du Panchir avec un groupe de confrères pour gagner Khodja Bahauddine : « J'étais loin de me douter que j'allais croiser sur ma route les deux kamikazes qui allaient commettre un attentat suicide[2]... »

Sur la plate-forme d'envol de Changaram, le petit groupe de journalistes s'avance pour traverser le pont surplombant la rivière Panchir, quand Françoise Causse remarque que le gardien du poste est affairé à contrôler les bagages de l'un des candidats à l'embarquement en hélicoptère. Tandis qu'elle s'approche de l'appareil, le Russe Arkady Dubnov, de *Vremia Novostei*, lui souffle à l'oreille : « C'est un vol spécial. Il y a des Arabes... » Spécial, en effet : en Afghanistan, ils constituent l'essentiel du contingent de Ben Laden. Lorsque la journaliste braque sa caméra pour un plan panoramique, l'un des deux hommes se cache le visage de la main.

« Leur présence me met mal à l'aise », se souvient-elle. Seul le plus âgé, celui qui porte des lunettes, prend la parole. Son allure est assurée. Il dit traiter des « questions de droits de l'homme ». Il est envoyé spécial d'une agence arabe installée à Londres. Françoise Causse lui demande par qui cette structure est financée. Réponse : « Ces choses-là sont tenues secrètes. Je ne suis qu'un simple

---

2. Cf. *Le Figaro*, 12 septembre 2001.

journaliste. Je serais embarrassé pour vous en dire plus. » Son acolyte acquiesce d'un simple signe de tête.

Quelques heures plus tard, parvenu à Khodja Bahauddine, le groupe visite un camp de réfugiés, à la lisière de la ville. Achevant une prise de vue, Françoise Causse observe ses mystérieux confrères : « Le petit porte sa caméra serrée contre lui. J'attribue à son émotion le fait qu'il n'ait pas pris d'images. D'autant qu'il ne s'est pas présenté comme un cameraman. »

« Ces deux-là n'avaient guère l'allure de journalistes, renchérit le Russe Arkady Dubnov, ils dormaient dans la même chambre d'hôtel que moi. Karim ne quittait jamais son bloc-notes, même s'il n'écrivait pas beaucoup. Une fois, j'ai bousculé le cameraman pendant sa prière. Il s'est énervé. Karim m'a raconté qu'il était pour la première fois en Afghanistan, et qu'il était journaliste depuis peu. Il m'a dit être né au Maroc, mais avoir la nationalité belge. J'ai d'ailleurs vu son passeport. Avant de sympathiser avec le camp de Massoud, ils avaient été du côté des Talibans, m'ont-ils confié. Comme je leur faisais part de mon étonnement, Karim s'est contenté de hausser les épaules. »

Tandis que l'équipe multiplie les contacts, les deux journalistes arabes se contentent de deux visites : « Ce manque de curiosité m'a étonné, observe Arkady Dubnov. Lorsque je les ai quittés, Karim a souri et dit : "Nous sommes obligés de rester. Si nous ne voyons pas Massoud, notre visite n'aura pas de sens". »

9 septembre, le commandant s'est endormi peu après 4 heures du matin. Une demi-heure plus tard, son assistant Ahmad Jamshine le tire du sommeil pour l'informer d'une attaque des Talibans dans la région de Farkhor. Il se lève, appelle par téléphone satellite l'officier général, sur la ligne de front. Après avoir donné ses ordres, il se rendort. Il est 5 heures. Une demi-heure plus tard, c'est la prière matinale, avant le lever du soleil. Après avoir fait ses ablutions et prié, il se rendort.

Réveil à 8 h 30. Normalement, à 11 heures, il devrait rencontrer ses officiers supérieurs, à une vingtaine de kilomètres plus au sud, à Dashti-Kala. Comme il sait devoir rencontrer deux journalistes marocains qui l'attendent déjà depuis neuf jours au ministère des Affaires étrangères, il décide, non sans agacement, de reporter son briefing militaire pour recevoir ses deux visiteurs entre 11 heures et midi : « Pas plus d'un quart d'heure... » Cela fait plusieurs jours qu'il reporte cette interview...

Comment, avec une attitude si peu en rapport avec leur profession, ces deux soi-disant journalis-

tes ont-ils pu obtenir leur rendez-vous ? Vakhidoullah Sabakhoun, membre du Haut Conseil,
ministre des Finances et numéro trois de l'Alliance
du Nord, a retracé les événements pour la presse
russe[3]

> *Massoud a reçu un coup de fil de Sayyaf, qui
> contrôle la province de Laghman. Il ne nous
> soutient pas, il ne soutient pas non plus les Tali-
> bans. Mais, lorsqu'il y a une question à résoudre,
> les Talibans comme les hommes de l'Alliance
> s'adressent à lui. Il a dit à Massoud que deux
> journalistes arabes voulaient l'interviewer, qu'ils
> avaient des visas talibans obtenus au Pakistan,
> qu'ils avaient passé deux semaines à Kaboul
> avant de gagner Kandahar, où se trouve l'état-
> major des Talibans. Sayyaf a tout de suite fait
> part de ses soupçons. Massoud a hésité, avant de
> lui dire de les laisser partir : ses hommes allaient
> les contrôler...*

Propos distancié et subtil : le ministre des
Finances précise d'emblée que Sayyaf, pourtant
personnalité du premier cercle, ne soutient personne. Précaution verbale essentielle car, en
vérité, l'intervention de Sayyaf pour introduire
les deux assassins dans le saint des saints de
l'Alliance ne laisse pas d'embarrasser l'entourage

---

3. Interview Alexandre Kholkhov, *Izvestia/Courrier international*, 31 octobre 2001.

du commandant. Son implication, si elle se véri-
fiait, troublerait l'équilibre du pouvoir actuelle-
ment en place à Kaboul. Jean-Marie Ponteau et
Marc Epstein, dans leur ouvrage *Ils ont assassiné
Massoud*, posent carrément la question : « Le
chef de l'Alliance du Nord a-t-il été victime
d'une trahison au sein de son propre camp ? »
Question malheureusement sans réponse...

J'ai déjà évoqué l'aspect équivoque du personnage, qui m'avait frappé lors de mon voyage au
Panchir. Abdul Rassoul Sayyaf a longtemps vécu
en Arabie Saoudite. Au début des années 1980,
dès les premiers mois de la guerre avec les Soviétiques, Riyad l'envoie au Pakistan, à Peshawar,
alors base arrière de la résistance. À l'instigation
des Saoudiens, il y établit un parti d'inspiration
wahhabite, mouvement qui ne rencontrera guère
de succès auprès des combattants, le wahhabisme
suscitant la méfiance de l'Afghan ordinaire. Reste
qu'il supervise l'accueil des Arabes volontaires,
et, qu'à ce titre, il a côtoyé de près Ben Laden.
Même s'il n'a jamais rallié les Talibans, il en est
proche. C'est la raison pour laquelle, comme le
dit pudiquement Sabakhoun, « lorsqu'il y a une
question à résoudre, on s'adresse à lui »...

À l'été 2001, à cause de l'affaire Zaher Shah,
les relations entre Sayyaf et Massoud sont plus
que tendues...

Comment obtenir une réponse à une question, sinon en ne cessant de la poser ?...

Forts de l'autorisation donnée par le commandant, les deux faux journalistes ont donc pu rejoindre la vallée du Panchir. Dès le 20 août, ils prétendent faire une photo de groupe à l'occasion d'une réunion au sommet des chefs du Front Uni rassemblant Massoud, Younous Qanooni et Rabbānī. Premier refus. Trois jours plus tard, ils espèrent accompagner Rabbānī, lors d'un voyage du président à Fayzabed. Deuxième refus. Début septembre : au moment où Massoud doit se rendre à Douchanbé, ils tentent de grimper en sa compagnie dans son hélicoptère. Le commandant, d'ordinaire si pondéré, en conçoit de l'humeur : « Pourquoi devrais-je voler avec des gens que je ne connais pas ? » Il monte dans l'appareil en les laissant sur place, mais avec l'engagement d'un prochain rendez-vous. Massoud est ainsi...

« Ils ont choisi de l'attendre, explique Vakhidoullah Sabakhoun. Ils vivaient au bureau du ministère des Affaires étrangères ! Nos services secrets les surveillaient de près, rapportant que les deux hommes ne prenaient aucun soin des sacs contenant leur matériel de prise de vue, qu'ils ne s'intéressaient à rien, qu'ils passaient des heures à lire le Coran. J'ai beau lire, moi aussi, le Coran, je trouve le temps de faire mon travail de ministre des Finances... Or, c'est précisément ce qu'on a dit sur leur piété qui a fait très bonne impression à Massoud... Non seulement il ne voulait pas apparaître comme antiarabe, mais il se déclarait persuadé qu'un homme qui porte le Coran sur son cœur est incapable d'une mauvaise action : il leur a accordé leur entrevue. »

À midi, les deux assassins pénètrent dans la maison d'hôtes du gouvernement, la « Maison radieuse ». Ils vont être reçus par Ahmad Shah, en compagnie de Massood Khalili, ambassadeur en Inde, Asem Sohail, employé du ministère des Affaires étrangères qui traduit ordinairement les entretiens, et Fahim Dashi, journaliste à la *Dépêche des moudjahidin* – publication de l'Alliance du Nord. Deux gardes du corps sont en faction. Les visiteurs ne sont pas fouillés : Massoud n'offense jamais ses hôtes par de telles marques de défiance.

Massood Khalili se souvient de ces instants, gravés pour toujours dans sa chair. Voici la suite de sa lettre :

> *Le lendemain matin, nous étions assis côte à côte, si près que je pouvais sentir la chaleur de son épaule. Il remarqua quelque chose sur la table et me demanda ce que c'était.*
>
> *« C'est mon passeport », lui répondis-je. J'ai essayé de le glisser dans la poche gauche de*

ma chemise et n'ai pas réussi à l'y faire rentrer.

Alors, il le prit, puis, s'approchant de moi, d'une simple poussée, l'y fit pénétrer. Il me dit : « Allons dans la pièce voisine. Deux journalistes arabes attendent de me voir depuis une semaine ou dix jours... »

Quand j'entendis « arabes », j'étais vraiment hésitant. Je lui dis : « Vas-y, moi, je vais me laver ! »

Mais il insista : « Non, non, non, tu viens avec moi. »

Les deux Arabes entrèrent. L'un des deux déclara : « Je ne représente aucun journal, j'appartiens aux centres islamiques basés à Londres, Paris et partout dans le monde... »

Je soufflai au commandant : « Ce ne sont pas des journalistes, ils appartiennent à... ça ! » Je ne mentionnais pas Al-Qaïda. Il savait ce que je voulais dire par « ça » !

« Formulez vos questions, leur dit-il, et je répondrai. » C'était son habitude. Sur quinze interrogations, huit concernaient Oussama Ben Laden : Pourquoi êtes-vous contre lui ? Pourquoi affirmez-vous que c'est un tueur ?

« D'accord, faites tourner votre caméra », ordonna le commandant.

Son menton reposait sur sa poitrine. Je peux vous dire qu'il n'était pas de bonne humeur.

L'Arabe commença : « Quelle est la situation en Afghanistan ? » Je traduisis en persan. Je prononçai juste la première lettre du premier mot de la première question quand… BAOUM !

Durant les trois minutes qui suivirent, j'étais pleinement conscient – plus conscient que jamais – et cela m'a semblé durer une heure. Il y avait le feu partout. Le pire, c'était l'odeur. Avec elle, tout m'est parvenu : le feu, la fumée… tout ! C'est alors que j'ai compris : ce n'est pas seulement votre ami qui peut mourir, c'est aussi vous. Tel fut mon avant-goût – d'abord, cette odeur ! – de la mort.

On m'a dit plus tard que j'avais hurlé : « Oh mon Dieu, sauve-moi ! En ces temps si difficiles, sauve-moi ! Libère-moi ! »

Puis j'ai senti une main sur mon poignet.

Ce fut mon dernier contact avec le commandant.

En écho à mes prières, il mourut.

Quel homme c'était ! Je n'arrive pas à croire à sa mort. Non, il est vivant. En vérité, chaque jour, il est vivant dans ma mémoire. Chaque fois que je me souviens de lui, je pleure – pas à cause du terrorisme, mais parce que je l'aimais. Les autres étaient des soldats. Lui, c'était un général. Et maintenant, c'est le vide.

Ma femme m'a dit qu'elle avait trouvé huit éclats métalliques incrustrés dans mon passeport. Il a préservé mon cœur. Dix fois par jour, je me pose la question : « Pourquoi je vis ? » Je n'ai pas trouvé la réponse. La mort, je l'ai vue en face, mais, à présent, je ne vois plus son pouvoir. J'ai été une fois terrifié par elle. Je ne dis pas que je suis plus courageux devant elle. Je dis seulement : « D'accord, c'est entendu, tu peux revenir. »

11

Constat clinique : assis entre Massoud et la caméra, Khalili, désormais sourd d'une oreille et borgne, brûlé au troisième degré sur une grande partie du corps, a été criblé d'éclats de bombe. Environ trois cents demeurent encore dans sa jambe gauche.

À l'instant où retentit l'explosion, l'un des deux gardes du corps entre dans la pièce. Projeté par l'onde de choc, il se retrouve par terre. L'autre garde se précipite, armant sa kalachnikov. Massoud est renversé dans son fauteuil, visage ensanglanté, son œil droit est touché, son torse transpercé d'éclats. Un fragment de métal s'est fiché à proximité du cœur. Sa jambe droite est démise. Près de lui, inerte, Asem Sohail n'est plus qu'un paquet de chair. Par terre, gisent la tête du cameraman et ses jambes. En faisant sauter la charge, son corps a éclaté, ses tripes jonchent le sol. La colonne vertébrale à nu retient à peine les restes du corps. Le faux interviewer, lui, est quasiment indemne. Le garde braque son arme sur son ventre.

On se précipite au chevet de Massoud, qui murmure : « Sortez-moi d'ici. » Ses hommes le couvrent d'un manteau et le transportent dans une Jeep qui fonce aussitôt vers l'héliport. Tandis que les autres victimes vivantes reçoivent les premiers soins, le terroriste est enfermé dans un réduit. Dans le feu de l'action, on l'oublie quelques minutes. Lorsque les gardes veulent l'interroger, il a brisé le carreau du vasistas et s'est enfui. Il est déjà en bas, au bord de la rivière, qu'il tente de traverser à gué. Il sera abattu d'une balle dans le dos.

Pendant ce temps, l'hélicoptère emmène Massoud vers la frontière du Tadjikistan. Lorsqu'il arrive à l'hôpital de Farkhor, le médecin constate le décès.

Décision rapidement prise : ne pas dévoiler la mort de Massoud avant quinze jours. En tous cas aussi longtemps que les Talibans maintiennent leur offensive militaire à Farkhor. Mais les nouvelles vont vite. Malgré les précautions, les Américains sont avertis par le biais de leurs organisations humanitaires qui disposent de téléphones cellulaires ainsi que par la CIA qui écoute les conversations avec les Iraniens et les Tadjiks. L'essentiel est que le peuple croie son chef en vie, que les Talibans commanditaires de l'attentat ne soient pas certains à 100 % de sa mort. Une véritable course contre la montre.

Mardi 11 septembre au matin, la presse internationale s'interroge : le commandant Massoud est-il défunt, comme le publie l'agence Tass – très introduite dans les milieux tadjiks – ou n'est-il que blessé, comme le clame son entourage ? « Mort », estime un responsable de l'administration américaine protégé par l'anonymat. Aucun détail. Le département d'État refuse de se prononcer officiellement. L'incertitude est totale. L'agence Tass maintient : « Massoud est décédé des suites de ses blessures durant son transfert d'hôpital à Douchanbé. » D'autres sources au Tadjikistan le situent à Farkhor, près de la frontière d'Afghanistan : bien vu !

On ne peut rien contre la presse, sinon retarder son action de quelques heures. Les proches du commandant publient un démenti formel, expliquant que, touché au bras, à la jambe, ainsi que légèrement au visage, il se trouve à cette heure à Takhar, dans le nord de l'Afghanistan, d'où il devrait être transporté vers un hôpital de Douchanbé. L'ambassade du gouvernement afghan sur place explique que le commandant est « en bonne santé, malgré de sérieuses blessures aux orteils ». Pour plus de véracité, le porte-parole ajoute : « Je viens de lui parler par radio. »

À Paris, le cœur gros, l'ami Mehrab fait son office : « D'ici à demain, notre chef apparaîtra et donnera une interview. Le médecin lui a dit de ne pas bouger aujourd'hui. » L'Alliance du Nord gagne du temps. Wali Massoud explique que son frère n'a pas donné signe de vie parce qu'il est demeuré inconscient durant près de trente-six heures... On connaît déjà certains détails sur les deux kamikazes. Le docteur Abdullah Abdullah pointe du doigt Ben Laden, les Talibans et les services secrets pakistanais. À Kaboul, Ouakil Ahmad Moutaouakel, ministre taleb des Affaires étrangères rejette aussitôt l'accusation : « Massoud était notre ennemi, mais nous n'avons rien à voir avec ça. » Comme d'habitude, le criminel se défausse. Il parle au passé, comme s'il souhaitait le savoir mort. Mais l'intoxication opérée par l'entourage de Massoud a réussi. Alors que les fous de Dieu poursuivent leur offensive près de Farkhor et à l'entrée de la vallée du Panchir, les moudjahidin, persuadés que le commandant est avec eux, repoussent l'ennemi. Contactés par radio, tous les chefs militaires de l'Alliance prêtent serment à Fahim Khan, qui a combattu aux côtés de Massoud durant vingt-cinq ans. Il est le seul à pouvoir le remplacer comme stratège.

11 septembre, le monde entier s'inquiète : si elle était confirmée, la mort de Massoud serait une catastrophe. La coalition reposant en grande partie sur son charisme, sa disparition sonnerait le glas de toute résistance. L'Iran, la Russie, le Tadjikistan, l'Inde et l'Ouzbékistan conviennent de tenir une réunion d'urgence à Douchanbé...

C'est alors que le même jour, à 8 h 30, temps de New York – 14 h 30 en France –, le premier Boeing 757 vient s'encastrer dans l'une des Twin Towers. La mise à feu et à sang de l'Amérique suivie de la riposte aussitôt lancée en Afghanistan va reléguer la mort du lion du Panchir au second plan. « Je vois une logique directe entre cette mort et les attentats contre les tours », observe alors Vakhidoullah Sabakhoun[1] : « Les choses devaient s'enchaîner dans cet ordre : d'abord l'assassinat de Massoud, ensuite une tuerie massive en Amérique. Le monde ne comprendra jamais le raisonnement des terroristes qui ont fait voler en éclats la sérénité de l'Amérique s'il ne sait pas pourquoi Massoud a été éliminé. »

Sans doute le numéro trois de l'Alliance du Nord a-t-il raison en théorie, dans une perspective idéale, quasi expérimentale du terrorisme. Mais affirmer un plan binaire et coordonné,

_____

1. A. Kholkhov, *ibid.*

d'abord la mort de Massoud, ensuite l'attaque contre les États-Unis, revient à faire peu de cas des aléas de la clandestinité. Lorsque le mollah Omar prie Ben Laden de bien vouloir hâter son contrat sur le chef de l'Alliance, c'est en brusque réaction à son offensive diplomatique européenne. Le projet de grande envergure contre les États-Unis, largement antécédent, est, quant à lui, autrement plus complexe. Il a coûté très cher, a demandé au moins deux ans de préparation, une logistique pointue. Lorsque Ben Laden rend « service » au maître de Kaboul, il met en branle sa machine à tuer. Mais, sécurité oblige : en cloisonnant. Dès janvier 2002, l'enquête internationale est formelle : instrumentalisés par l'entourage direct de Ben Laden en Afghanistan, les assassins de Massoud ignoraient tout des attentats qui se préparaient aux États-Unis. Ils avaient simplement ordre « d'agir vite », dès le début du mois d'août. « Une cloison très étanche séparait les commandos basés aux États-Unis et ceux qui étaient chargés de tuer Massoud. Ils s'ignoraient les uns les autres », explique l'un des enquêteurs.

Les recherches, menées en parallèle à Londres, Paris et Bruxelles, reconstituent rapidement le puzzle. Des arrestations sont opérées à Paris et à Bruxelles. Des Maghrébins pour la plupart. À Londres, Scotland Yard interpelle un Égyptien jouant un rôle fédérateur dans le paysage complexe du « Londonistan ». L'organisation qu'il dirige, l'*Islamic Observation Center*, a servi de couverture officielle aux kamikazes pour approcher leur cible. L'opération a été commanditée de Kaboul par un certain « Abou Djafar » autrement appelé « Abou Omar », identifié comme Djafar Omar Chabani, proche de Ben Laden... Le cloisonnement étant vertu cardinale du terrorisme, pour ce qui fut de la concomitance entre les deux actions, l'afghane et l'américaine, invoquant le nom de Dieu, Ben Laden s'en remit au diable, lequel l'exauça...

Retour en Afghanistan : du 9 au 15 septembre 2001, le corps de Massoud repose à la morgue de Fakhor. Voyant l'émotion mondiale face à l'attaque des Twin Towers, les proches du commandant sont assurés que l'Amérique ne va pas tarder à attaquer les Talibans et qu'eux-mêmes devront passer à l'offensive. Ils décident alors d'annoncer la mort de leur chef, et de l'enterrer. Ils l'emmènent dans le Panchir en hélicoptère pour l'ensevelir, enveloppé d'un linceul, sur le mont Saritcha, qui domine sa vallée natale. La tradition musulmane veut que l'on mette en terre un défunt le jour de son décès, avant le coucher du soleil. Ahmad Shah Massoud ne sera inhumé que le 16 septembre, mais ses compagnons n'ont pas enfreint la charia. Le Coran, texte de tolérance, prescrit que les choses doivent être accomplies selon l'ordre dans lequel elles arrivent. Si une impossibilité majeure se présente, elle est prise en compte, quitte à être contournée. Le Coran dit simplement qu'il est « souhaitable » d'enterrer le défunt le jour de sa mort, lorsqu'il ne pleut pas, et que le chemin du cimetière est dégagé.

Commentaire d'un juge de la charia à propos des assassins : « Si cela n'avait été que de moi, je ne leur aurais pas donné de sépulture comme à des musulmans, mais comme à des chiens. Allah est miséricordieux… » Au village de Khodja Bahauddine, on sait bien que les dépouilles des deux Arabes ont été jetées de nuit dans une fosse du vieux cimetière. Il y a un tertre surmonté d'une pierre, sous laquelle repose un cadavre et demi.

Les règles d'un bon scénario ne changent pas : un décor, un personnage, une histoire. Ici, une tragédie. L'instant crucial où va se décider le destin d'une partie du monde. À la seconde où les chefs talibans rêvent de la mort de l'Afghan et de l'humiliation de l'Amérique, ils ignorent que l'assassinat qu'ils vont perpétrer provoquera leur propre fin. Ils ignorent que leur succès sera leur défaite, que, multipliée à l'infini, l'explosion qui anéantira Massoud ricochera sur eux. Le contrat passé pour éliminer cet homme, considéré comme une bête à abattre, par un admirable retour du destin, déterminera leur départ de Kaboul quelques semaines plus tard. Comme le dit Sabakhoun : « Les terroristes ont fait voler en éclats la sérénité de l'Amérique. »

Mardi 2 octobre 2001, intervenant à la tribune du Parlement européen à la suite de Chris Patten, je veux croire que le commandant n'est pas mort pour rien : « Ce que vient de nous dire le Commissaire Patten de la situation politique en Afghanistan me confirme dans l'analyse que le projet de Massoud pour la mise en place d'une solution au drame afghan pourrait être en bonne voie. Dès lors que le Pakistan est mis dans l'obligation de cesser son soutien politique et militaire au régime des Talibans, ce dernier devrait s'effondrer sous la pression du peuple afghan tout entier, comme le commandant Massoud l'avait prévu. J'en veux pour preuve l'accord qui vient d'être conclu à Rome entre les forces d'opposition et l'ancien roi, Mohammed Zaher Shah, dont le prestige est toujours aussi grand dans son pays. J'en veux pour preuve les déclarations du mollah Omar lui-même annonçant son possible renversement, et enfin la nouvelle qui vient de nous parvenir de la défection, avec sept cents de ses miliciens, du gouverneur taliban du district de Djavan à la frontière du Turkménistan, faisant passer la province de Badgis sous le contrôle de l'opposition. Éprise de *Realpolitik*, la communauté internationale et en son sein, j'ai le regret de le dire, l'Union européenne, avait adopté à l'égard du régime des Talibans une attitude pour le moins conciliante... nous avons laissé se développer "ce nid de frelons" dont Massoud dénonçait la malfaisance. Pour détruire un nid de frelons, il ne saurait s'agir pour autant de brûler la maison tout entière. Il faut, au contraire, épargner le peuple afghan et lui apporter l'aide nécessaire à l'établissement d'un régime stable fondé sur la réconciliation nationale. »

Me tournant plus spécialement vers Poul Nielson, j'aborde la question humanitaire : « Je pense aux centaines de milliers de réfugiés parqués à la frontière pakistanaise, mais aussi à ceux qui se trouvent totalement démunis depuis des mois dans la région du Nord. J'apprends que les Russes ont mis en place un pont aérien d'aide humanitaire d'urgence sur l'aéroport de Douchanbé, au Tadjikistan. Je ne voudrais pas que l'Union européenne brille par son absence dans cette entreprise où son aide est aussi désirée. Ce qu'attendent les populations, ce sont des vivres naturellement, mais aussi des médicaments, des couvertures et des abris, mais surtout la démonstration de notre solidarité. En Bosnie, au plus fort de la crise, l'Europe, au sein de l'Alliance atlantique, avait su mettre en place le ravitaillement par parachutage des enclaves les plus isolées, les plus menacées. C'est ce qu'attend aujourd'hui la population du Panchir. En avons-nous, en avez-vous, monsieur le commissaire Nielson, la volonté et les moyens ? »

11 novembre 2001. Les événements se précipitent sur le front afghan. La victoire du général ouzbek Abdul Rachid Dostom sur les Talibans à Mazār-é Charīf donne le signal de la charge majeure sur le Nord-Est. Dans le grésillement des radios, l'annonce de l'exploit accompli court de position en position. Parallèlement, le général Daoud, proche de Massoud, vient d'entrer dans Taloqan. Kunduz, à cinquante kilomètres, devrait tomber dans la foulée. Les combats se poursuivent : sur fond de ciel bleu, s'inscrivent les sillages des B 52 décrivant de larges cercles. Leurs chapelets de bombes dressent des rideaux de fumée sur les positions talebs. Les pilonnages plus ciblés des chasseurs soulèvent des champignons de fumée noire. La ligne de front du Nord court sur cent trente kilomètres. C'est là que, multipliant les tranchées, la milice de Kaboul a

massé son plus gros dispositif militaire, mais son éviction du Nord est désormais inéluctable...

Sur les hauteurs de Chataghai, alors que les obus de mortiers continuent de pleuvoir, le commandant tadjik Bachir explique qu'il fera la jonction avec les forces de Dostom, afin qu'elles ne restent pas isolées... « Impératif militaire qui cache mal des arrière-pensées politiques, commente un correspondant de guerre[2]. Derrière cette fraternité d'armes affichée, on sent chez les généraux de l'Alliance la volonté de tous participer à la victoire dans le Nord. Sans laisser Dostom l'Ouzbek en récolter tous les lauriers. »

Si l'aviation américaine a déblayé le terrain, les États-Unis ne souhaitent pas pour autant voir l'Alliance, principalement composée de Tadjiks et d'Ouzbeks, minoritaires en Afghanistan, prendre le pouvoir à Kaboul avant la conclusion d'un accord politique entre les différentes ethnies – notamment avec les Pachtounes, dont sont issus les Talibans. « Nous n'avons pas assez de forces sur le terrain pour nous mettre en travers de leur chemin, reconnaît le secrétaire à la Défense Donald Rumsfeld. Est-il possible pour l'opposition d'avancer sur Kaboul ? Nous ne savons pas s'ils peuvent le faire à ce moment. Peut-être... » Au vu des premières défections talebs, les stratèges du Pentagone pen-

---

2. Arnaud de La Grange, *Le Figaro*, 12 novembre 2001.

saient que quelques jours de pilonnages intensifs suffiraient à provoquer une avalanche de désertions, mais ils ont été déçus, et, changeant de stratégie, ont investi à plein sur l'Alliance du Nord, seule capable de maîtriser le terrain. Désirant épargner la vie de leurs *boys*, les Américains laissent les choses aller leur train ; toutefois la déclaration de Rumsfeld indique que cette option n'est qu'un pis-aller…

Pour moi, considérant qu'urgence fait loi, je rends hommage aux combattants, à ceux qui ont mis leurs tripes au soleil, dans la poussière ou dans la neige, à ceux qui ont combattu sans relâche durant des années la barbarie des fous de Dieu. Je célèbre la liberté. Les questions politiques seront réglées plus tard. Le 14 novembre, dans l'hémicycle européen, saluant la prise de la capitale, j'ai la certitude que Massoud a gagné : « Ahmad Shah Massoud nous avait annoncé la chute inéluctable du régime des Talibans, dès lors que le gouvernement pakistanais serait mis dans l'impossibilité de lui fournir toute aide politique et surtout militaire. Il tablait sur le degré d'exaspération de la population afghane à l'égard des Talibans pour prédire sa révolte, y compris dans les territoires du Sud à majorité pachtoune. Il nous assurait avoir établi à travers l'ensemble du pays un réseau d'alliances garantissant la mise en place d'un gouvernement de large union nationale. Les événements de ces dernières 48 heures n'ont surpris par leur rapidité que ceux de nos doctes spécialistes qui, sans jamais avoir été sur le terrain, professaient l'opinion que l'alliance antitaliban n'était composée que d'un ramassis de seigneurs de la guerre aussi barbares que les Talibans eux-mêmes, et plus dangereux encore puisqu'ils n'étaient animés que par l'appétit d'un pouvoir qu'ils ne manqueraient pas de recommencer à se disputer.

« Faisant écho aux inquiétudes manifestées à Islamabad, ces mêmes experts, installés dans leur certitude, se répandent encore aujourd'hui à travers les médias pour prévenir que l'Alliance du Nord ne représente qu'un très faible pourcentage des opinions de la population afghane, laquelle resterait attachée à la paix que seuls les Talibans avaient su lui apporter ! Les démonstrations de liesse populaire à Kaboul, la révolte en cours à Kandahar même, le retour déjà amorcé de milliers de réfugiés, suffisent à montrer que ces Cassandre étaient mal informés. Ceux qui, derrière vous, madame la présidente, avaient eu l'intelligence d'écouter Massoud, ne manqueront pas de s'en réjouir... Oui, la situation est encore politiquement fragile. Il appartient à la communauté internationale, et à l'Union européenne en son sein, d'aider à la mise en place de ce gouvernement d'union auquel l'ex-roi, Zaher Shah, est prêt à apporter sa caution. »

Massoud n'est plus là, mais il continue de compter sur l'Europe. Avec beaucoup d'autres de mes collègues, je vais faire en sorte que l'Europe n'oublie pas l'Afghanistan.

12

Dimanche 8 septembre 2002, hôte du gouvernement de transition afghan, je débarque à Kaboul de l'avion de la compagnie nationale afghane en provenance de Dubaï. J'avais promis à Massoud que je ne ferais cette visite qu'avec lui, et il est là pour m'accueillir dès le premier pas posé sur le tarmac, présent en effigie partout où ses photos ont pu être accrochées. Présent surtout dans les paroles et les gestes de ses fidèles que je vais retrouver ici. Un an après son assassinat, il est honoré durant trois jours comme un héros national. Le 9 septembre a été déclaré jour férié en Afghanistan.

Les contraintes d'horaires du petit nombre de compagnies aériennes enfin rétablies m'ont obligé à ne rejoindre la capitale qu'à la mi-journée, alors que les cérémonies commémoratives ont commencé la veille, avec la tenue d'un colloque international auquel je dois apporter ma contribution. Nous ne perdons guère de temps en formalités et traversons la ville en direction de l'hôtel où se tient le rassemblement. Au cours du trajet, je reconnais les vues, si souvent exposées dans les reportages, des meurtrissures de la ville, mais je suis frappé par l'animation qui y règne et par la présence presque obsessionnelle des représentations de Massoud. Portraits officiels à chaque carrefour… Il n'est pas non plus un véhicule, une échoppe, pratiquement pas une maison qui n'arbore son effigie. Un véritable culte, conforme aux multiples reportages de télévision, dix mois plus tôt, montrant la liesse, la reconnaissance de tout un peuple à l'égard de celui qui incarnait la résistance à la barbarie.

Premier contact saisissant de contraste avec les rapports négatifs que persistent à distiller les « observateurs autorisés », quasi nostalgiques d'une paix civile que « malheureusement seuls les Talibans auraient été capables d'apporter ». En toute logique, les Afghans auraient dû demeurer à leurs côtés. Quelle déception ! Mais, au prix de la souffrance d'un peuple, lesdits experts ne désespèrent pas d'avoir un jour raison. Je me souviens de mon indignation, de mon exaspération, face à leur attitude, comme de mon impuissance auprès des responsables politiques, littéralement intoxiqués. Je me souviens de ma rage à les avoir entendus me conseiller « de ne pas me laisser aller à mon sympathique idéalisme » parce que « Massoud et les

Talibans, c'est blanc bonnet et bonnet blanc, à cette différence que les Talibans ont su faire régner l'ordre »…

Ils guettent avec gourmandise le moindre signe de détérioration du climat. Quarante-huit heures plus tôt, à peine, un attentat à la bombe sur l'un des marchés de la ville a provoqué des dizaines de victimes. Le président du gouvernement transitoire, Hamid Karzaï, a échappé à un attentat lors de sa visite à Kandahar, sous les balles d'un garde bien légèrement recruté par le gouverneur local : originaire de Kajaki, dans la province Helmand, il venait tout droit d'une zone réputée pour être restée un repaire de partisans du régime taliban. Les troupes américaines y essuient régulièrement des tirs… Si bien qu'à la veille de mon départ, les échos complaisants sur l'insécurité en Afghanistan ont inquiété ma famille, laquelle en a pourtant vu d'autres !

Traversant rapidement la ville dans une voiture banalisée, sans escorte, je constate la mise en place de check-points aux endroits stratégiques, entrées d'aéroport, ministères, résidence présidentielle, mais rien à voir avec la ville en état de siège décrite dans certains journaux occidentaux. C'est une foule grouillante, au contraire, affairée et paisible, comme partout en Asie. Je m'y mêlerai le soir même, accompagné de deux amis afghans, sans m'y sentir menacé d'aucune façon.

En attendant, j'ai rejoint l'Intercontinental où se tient le colloque sur Massoud, l'un des rares hôtels de prestige à ne pas avoir trop souffert des ravages de la guerre civile et de la bêtise destructrice des Talibans. L'endroit est particulier, c'est un peu *L'Année dernière à Marienbad*, mais style soviétique, bâtisse imposante et sans grâce, comme on en trouve en Europe centrale et dans les Balkans. L'Intercontinental offre son hall d'apparat à une assistance distinguée. Plus une seule place assise… Derrière la tribune : le portrait d'Ahmad Shah Face aux personnalités politiques et culturelles afghanes et internationales, je prononce mon hommage au nom du Parlement européen, concluant par une déclaration toute personnelle de soutien à la candidature du commandant pour le Prix Nobel de la Paix : « L'attribution exceptionnelle à titre posthume du Prix Nobel de la paix n'ajouterait rien à sa gloire, elle serait pour le peuple afghan un encouragement à poursuivre sa reconstruction en se dotant d'un régime qui garantisse enfin la paix et la stabilité dans le respect de la dignité de l'homme, comme il l'avait voulu. »

Compte tenu de mon arrivée tardive, je suis l'un des derniers intervenants de ce colloque, inauguré par le président Karzaï. Le rassemblement se clôt sur le témoignage de Massood Khalili, lequel se déplace difficilement, souffrant pour toujours des séquelles de l'attentat. Mais sitôt que résonne son verbe, la vie reprend son souffle. Avec son lyrisme tout personnel, dans cette langue si musicale qu'est le persan, il célèbre les vertus de son chef, porteur infatigable de l'étendard de la liberté, de la dignité et de l'honneur de son pays. Il chevauche au milieu des combats, au plus fort de la mêlée et l'on craint toujours de le voir tomber, mais chaque fois que tout semble perdu, il se relève pour porter de montagne en montagne cet emblème aujourd'hui triomphant… Le colloque s'achève avec l'annonce par la famille de la création d'une fondation Massoud qui perpétuera sa mémoire, en particulier sa vision d'un Afghanistan libre où règne la paix, la justice et la tolérance à l'égard de tous.

En fin d'après-midi, je retraverse Kaboul pour me rendre au ministère des Affaires étrangères : le docteur Abdullah Abdullah me reçoit dans son bureau, en présence de Mehrabodin Masstan, son chef de cabinet. Je les retrouve avec d'autant plus d'émotion qu'ils sont enfin au pouvoir. Mehrab m'avait accompagné au Panchir. J'avais préparé avec Abdullah Abdullah la visite de Massoud au Parlement européen. À cette seule évocation, alors que nous nous étions rencontrés au mois de février, au Palais-Bourbon, lors de la première visite à Paris du président Karzaï, nous étions tombés dans les bras l'un de l'autre. Et j'avais eu la surprise de le voir éclater en sanglots, attitude peu conforme à ces milieux de monstres froids que constituent les chancelleries internationales...

Il dresse pour moi un point de situation, ne dissimulant pas les difficultés auxquelles doit se confronter le gouvernement de transition. Il faut que la communauté internationale continue de lui apporter son soutien. Une semaine plus tôt, Dominique de Villepin passant à Kaboul, en est convenu : « Il est essentiel que notre engagement et notre action s'inscrivent dans la durée... »

Le défi n'est pas seulement dans la reconstruction, il est aussi stratégique, car ce sont les liens avec le Pakistan, la construction de relations pacifiées en Asie du Sud-Est, le progrès vers la paix au Moyen-Orient qui sont en jeu. L'Afghanistan est au cœur des fractures du monde ; il revient à chacun de nous d'en faire un pôle de stabilité.

La France s'est manifestée dans la lutte contre le terrorisme : relais naval dans l'Océan Indien ; Mirages 2000 engagés dans les raids contre Al-Qaïda ; opérations de déminage dans l'aéroport de Kaboul.

Lorsque j'évoque les appréhensions de la presse occidentale quant à un éventuel retour des Talibans, Abdullah répond d'un geste tranchant de la main, expliquant que les médias n'ont pas pris la vraie mesure de l'opinion afghane, révulsée par une guerre de tantôt trente ans, et vaccinée – oui « vaccinée », comme on le dit de la peste ou de la rage – contre le fondamentalisme islamique taleb.

Nous parlons alors de Massoud. L'enquête internationale a progressé. Les larmes aux yeux, Abdullah évoque le contrat du mollah Omar. Nous savons, l'un comme l'autre, que la réception du commandant Forpronu à Strasbourg a hâté le processus. C'était écrit. *Inch Allah...*

Il me propose de poursuivre cette conversation dans l'intimité de sa résidence familiale. J'accepte. Quelques instants plus tard nous roulons dans sa voiture personnelle, sans escorte, filant par l'itinéraire le plus direct. Le véhicule est muni de vitres teintées, mais grandes ouvertes pour profiter de la fraîcheur du soir. Chacun peut reconnaître le ministre, au besoin le prendre pour cible. En l'espace de sept mois, en effet, deux membres du gouvernement ont été abattus en plein jour, le ministre des Transports, Abdul Rehman, au mois de février, et l'un des vice-présidents afghans, Hadji Qadir, abattu par deux hommes armés en plein centre de Kaboul, en juillet. La foule est encore plus dense, et – signe de renaissance de la capitale –, nous sommes parfois arrêtés par les embouteillages. Lorsque j'observe que son comportement est plutôt imprudent et qu'il devrait prendre plus grand soin de sa sécurité, il me répond par un joyeux éclat de rire, conforme au caractère fataliste de tout musulman qui se respecte, mais qui marque surtout sa confiance dans son appréciation de l'opinion des Kaboulis.

Nous voici chez lui, dans son jardin, avec quelques intimes rencontrés au Panchir et à Strasbourg. La température est clémente, nous allons dîner dehors, repas afghan classique à base de viandes grillées, riz, légumes et fruits. L'endroit est plus propice aux confidences. Je le sens inquiet : parmi ceux qui se réclament de l'héritage de Massoud, certains n'en sont peut-être pas dignes. Propos en filigrane. D'ores et déjà Kaboul retentit de la rumeur selon laquelle le général Fahim – entre-temps autoproclamé maréchal –, ministre de la Défense et successeur de Massoud, en prend à son aise avec les avantages conférés par ses fonctions.

Rentrant à la nuit tombée à l'hôtel Interconti-nental, j'apprécie l'atmosphère paisible d'une ville rapidement endormie après le coucher du soleil – notamment à cause de ses problèmes d'approvisionnement en électricité... La journée a été longue. Avant de m'endormir, je repense à notre conversation à propos du contrat du mollah Omar. J'ai conscience d'avoir été un instrument de l'avenir. Sans doute Massoud était-il déterminé à une action internationale. Lors de notre visite au Panchir, ne nous avait-il pas dit ? « Je serai disponible pour assurer toute mission au service de mon peuple. » J'ai eu la sensation, à cet instant précis, que nos vies se croisaient. Paris marquait tant de mauvaise volonté qu'il ne se serait pas déplacé si je n'avais négocié avec Homayoun Tandar une brillante réception au Parlement européen – là, j'ai forcé le destin. S'ensuivra une belle complicité entre nous, plus forte que jamais lorsque je le retrouve le soir dans son hôtel, à Strasbourg, à la veille de sa visite à Bruxelles dont j'ai fixé le programme. Nous échafaudons des projets... Alors, quoi ? Y mêlerai-je de la métaphysique ? C'est un tourment intérieur, doublé de la conviction que nous avons tous deux été embarqués sur le même bateau, au service de la résistance à l'obscurantisme.

13

Au matin du 9 septembre, je quitte l'hôtel après un petit déjeuner plus que frugal, car l'émotion m'étreint en ce jour anniversaire. Je traverse de nouveaux quartiers de la ville pour me rendre au stade vers lequel converge le peuple tout entier. Nous sommes cette fois en convoi organisé, pour assurer notre passage. Nous sommes stoppés aux abords immédiats du stade par les hommes de la Force internationale de sécurité en Afghanistan, la fameuse ISAF. Je retrouve les soldats en treillis camouflés que j'ai connus dans les Balkans, armés de pistolets mitrailleurs. J'échange quelques mots avec le chef danois de l'élément chargé de notre accueil. Il confirme ce que je sais d'expérience (en particulier lorsque j'avais dû, avec le préfet Massoni, assurer à Paris la sécurité des XIIᵉ Journées mondiales de la jeunesse) : le contrôle ne peut qu'être extérieur et superficiel, c'est aux participants eux-mêmes qu'il convient de confier, à l'intérieur, le maintien de l'ordre.

Le grand stade aux parois de béton est cerclé de gradins. Aucune installation sanitaire. En cas de besoin, il faut aller dans des trous, à l'emplacement des anciennes toilettes. Au centre de l'esplanade a été construit un échafaudage surmonté du portrait géant de Massoud. Son regard fier, ses yeux aux prunelles sombres, aux cils noirs et si longs que les femmes les lui envient, son visage énergique et mince, son sourire éblouissant. C'est sur cette tribune provisoire, au milieu du stade, que va prendre place la famille de Massoud. À l'emplacement même où les Talibans procédaient aux exécutions publiques.

Ce qui était lieu d'agonie devient lieu d'espoir. Le fils d'Ahmad Shah est sur la tribune. Parmi les Tadjiks qui portent le *pakol*, je repère ceux que j'ai rencontrés sur le front. Ils occupent le premier rang, les places d'honneur. Je suis dans la partie réservée aux délégations étrangères, avec Aymeri de Montesquiou qui, lui, représente le Parlement français. Devant moi, la foule musulmane, des dizaines de milliers d'hommes et de femmes, des jeunes qui brandissent des portraits du héros et des drapeaux aux nouvelles couleurs du pays déferlent dans le stade. C'est un impressionnant désordre, mais qui n'interdit à personne, finalement, de trouver sa place, ni d'écouter dans le calme la longue suite des discours officiels. Dans un message lu par le vice-président Sharani, le président Karzaï, parti pour les États-Unis où il doit assister aux commémorations du 11 septembre, rappelle l'amitié qui l'unissait à Massoud. « Que Dieu garde son âme au paradis. » Younous Qanouni évoque en Massoud le fédérateur des ethnies. Fahim, ministre de la Défense, s'exprime à son tour ; puis ce sont d'autres amis, d'autres compagnons. Ahmad, le fils d'Ahmad Shah, prend la parole : « Les terroristes ont fait de mon père un martyr. Ils n'avaient pas compris qu'il n'était pas seulement une personne physique : ses idées continueront à vivre. »

Tandis que les hélicoptères survolent l'esplanade, la foule entame une lente procession, déposant au pied du jeune garçon des milliers de gerbes de fleurs. Les femmes restent groupées, beaucoup ne sont pas voilées. Et soudain, c'est un mouvement énorme, une vague, une lame de fond. Nous craignons tous qu'il ne s'agisse d'un attentat. C'est simplement le fils du commandant, franchissant le monceau de gerbes de fleurs, accompagné de ses oncles et de Massood Khalili, qui redescend l'allée par laquelle nous sommes montés. Ces gens veulent le toucher. Il a treize ans. Il est assez petit pour son âge, il ressemble merveilleusement à son père.

Deux jours plus tôt, dans son village, il recevait Hamid Karzaï : « Soyez le bienvenu, monsieur le président. » Il lui a offert le thé, en compagnie de son grand-père maternel, Kaka Tadjoudin, l'homme le plus respecté de la vallée. La veille de son arrivée à Kaboul[1], il est allé saluer sa mère et a préparé ses rendez-vous en vue des commémorations. En milieu de matinée, il s'est allongé quelques minutes sous la moustiquaire, un livre à la main : « Quand je lis des poèmes de Sahdee, mon corps tremble souvent, je me mets à pleurer. » Il cite les vers favoris d'Ahmad Shah :

> *La vie ne continuera pas jusqu'au bout de toutes choses,*
> *Ne prends pas garde à la vie matérielle,*
> *Ce n'est pas elle qui se déroulera jusqu'à la fin.*

Il se souvient des derniers jours d'août : « Je ne savais toujours pas nager. Il m'a dit : "Vas-y, jette-toi à l'eau. Si tu te noies, je viendrai te sauver"... Il me répétait sans cesse qu'il faut essayer pour apprendre, qu'affronter les difficultés est la base de l'accomplissement personnel. »

Son grand-père pose une main sur son épaule : « S'il le souhaite, Ahmad sera le véritable héritier du commandant Massoud. »

---

1. Rapporté par Ariane Perret. *Le Temps*, 9 septembre 2001.

Massood Khalili me présente à lui. Je le prends dans mes bras. Embrassade à la romaine. Chargée d'émotion, mais rapide : c'est d'abord aux Afghans qu'il se doit. Moment très fort que je ne peux oublier, qui me prépare à celui que je vais vivre le soir même sur la tombe d'Ahmad Shah. Auparavant, j'aurais été le témoin de l'attachement quasi religieux que le peuple porte désormais au fils, gage de fidélité à la mémoire du père.

Une voiture 4×4 m'attend pour me conduire au mausolée, dont l'inauguration est prévue pour le lendemain. Je propose à Aymeri de Montesquiou de m'accompagner… Ce que j'ignore et que les organisateurs eux-mêmes n'ont pas prévu, c'est que la foule qui n'a pu se joindre à la manifestation dans le stade s'est aussi mise en route dès le matin pour ce même pèlerinage, dans les véhicules les plus invraisemblables, de la carriole au camion chinois, en passant par les tracteurs avec remorque et les pick-ups. Sur tous ces engins sont entassées des grappes humaines. On se demande comment elles parviennent à rester agrégées en dépit des cahots d'une route, qui à partir de l'entrée dans la vallée du Panchir va prendre le plus souvent des allures de piste. Nous quittons la ville par la route du Nord, ou plus exactement, ce qui reste de l'artère vitale à quatre voies construite par les Soviétiques au moment de l'occupation. Peu entretenue depuis leur départ, gravement endommagée en certains endroits par les combats du temps des Talibans, elle autorise tout de même un débit acceptable et une moyenne honorable. Défilent devant nous les paysages de la vaste plaine de Shamali. Les Talibans y avaient appliqué la politique de la terre brûlée, chassant systématiquement ses habitants, partisans de l'Alliance du Nord, rasant au bull-dozer leurs villages, coupant leurs arbres et leurs vignes, brûlant les récoltes, enlevant les filles et les femmes, demeurées à jamais disparues.

Tout au long de cette traversée, je suis frappé par la renaissance de cette terre. À perte de vue, des fumées indiquent la mise en marche de centaines de fours à briques, dont on m'explique qu'ils fonctionnent vingt-quatre heures sur vingt-quatre. La population est revenue en masse. Son premier soin est de reconstruire son habitat à la façon traditionnelle, la plus économique qui soit. Au passage de la ligne de front, je reconnais les ouvrages militaires que Massoud m'avait fait visiter deux ans plus tôt. Les traces de bataille sont pour la plupart celles que j'ai déjà vues, car, ainsi que le commandant me l'avait annoncé, dans cette zone, la débâcle des Talibans s'est effectuée pratiquement sans combat. Pour autant, il est recommandé de ne pas s'écarter de la route : le terrain est truffé de mines, dont la plupart sont signalées par des pierres peintes en rouge.

En face de nous, les crêtes où Massoud avait installé son artillerie, et d'où l'on pouvait apercevoir l'aéroport de Bagram tenu par les Talibans – aujourd'hui par les Américains. C'est de ce point culminant qu'il m'avait montré Kaboul, que l'on pouvait deviner par très beau temps, à quelque soixante kilomètres... Ahmad Shah me disait qu'il ne tenterait rien pour s'en emparer, aussi longtemps qu'il ne serait pas sûr de pouvoir y demeurer sans nouveaux risques pour la population.

Nous voici dans la vallée du Panchir, très encaissée, souvent torrentueuse. Nous nous heurtons au flux des pèlerins. La route n'autorise plus le passage de front de deux véhicules. Voyant s'approcher le crépuscule, Montesquiou et moi décidons d'abandonner notre 4×4 pour continuer à pied. La route monte de façon régulière, nous apercevons enfin la position, à la pointe d'un dernier lacet...

Dominant l'immense cirque naturel, sur une plate-forme empierrée, désertique, éclairé par les derniers rayons du couchant, balayé par un vent accéléré, le mausolée se dresse, partiellement inachevé. Tout autour, en arc de cercle, une rangée de fauteuils permet à la famille et aux proches de monter une garde symbolique, accueillant le flot des visiteurs avec la traditionnelle hospitalité afghane. Tadjoudin, le beau-père de Massoud, qui m'avait reçu dans sa maison lors de mon dernier passage, est là, rayonnant de bonté et, je le sens, de plaisir à me revoir. L'instant est venu pour moi d'entrer, de me recueillir...

14

« Nous ne renouvellerons pas les erreurs de jadis, m'avait dit Massoud, tandis que nous contemplions la plaine. On m'a fait le procès d'avoir mis le pays en coupe réglée avec mes Pan chiris ; dans ces temps troublés ont proliféré le pillage et la corruption, c'est vrai. Mais tout est question de maturité et de détermination politique. Il faut que disparaisse la coupure entre un Nord où les Pachtounes étaient minoritaires et un Sud où ils dominaient. Il faut dépasser les rivalités ancestrales entre Kaboul et Kandahar. Par le biais de négociations, nous mettrons en place un pouvoir central, représentatif de toutes les composantes du peuple afghan. »

La mort tragique d'Ahmad Shah a retardé de quelques semaines le « processus de Rome », heureusement achevé à l'initiative des Nations unies par la convocation à Bonn, les 4 et 5 décembre 2001, d'une conférence entre les représentants de l'Alliance du Nord et les amis de Zaher Shah. Deux journées suffisent pour conclure les accords. Le vieux roi, après un exil de vingt-neuf ans, retrouvera son palais de Kaboul dès mars 2002, pour renforcer la légitimité du président Hamid Karzaï, Pachtoune de Kandahar, nommé à la tête de l'autorité de transition[1]. Détail extraordinaire : Karzaï n'est même pas présent lors de sa désignation. Il conduit le siège de Kandahar dont il obtiendra la reddition après la fuite du mollah Omar[2]. Fils d'un chef de tribu assassiné en 1999 au Pakistan par les Talibans, il n'a cessé de s'opposer à leur régime.

Durant l'occupation soviétique, il avait été chargé par les Américains du soutien logistique de la résistance au Pakistan. Après le départ des Soviétiques, le voici secrétaire d'État aux Affaires étrangères du gouvernement Rabbānī. Les Talibans essaieront de le corrompre en lui offrant le poste de représentant aux Nations unies. Mais il refuse et retourne au Pakistan, à Quetta, tout près de la frontière afghane. Musulman modéré, il est partisan de la mise en place d'un gouvernement représentatif de l'ensemble du peuple afghan, légitimé par l'assemblée tribale traditionnelle, la *Loya Jirga*, puis plus tard par la tenue

---

1. ATA : *Afghan Transitional Administration*.
2. Il ne devait prendre ses fonctions que le 22 décembre.

d'élections générales, présidentielle, puis législatives. Massoud, qui le connaissait bien, se serait parfaitement entendu avec lui sur cet objectif.

Avant de participer aux cérémonies de commémoration du 11 septembre à New York, Karzaï a rendu hommage au commandant. Rien ne l'y obligeait si ce n'est que, désormais, les destins des deux hommes sont irrémédiablement liés. « Seule la chute de l'aigle a permis l'envol de Karzaï. Ou plutôt sa mise en orbite », observe un peu cruellement Patrick de Saint-Exupéry[3]. Là, en effet, où Massoud était un bloc incarnant l'idée de résistance, Karzaï est un conglomérat, où le politique succède au stratège. Si l'on tente de l'assassiner, ce n'est pas forcément parce qu'il gêne, mais pour atteindre d'autres cibles : Washington, dans le lointain... Les États-Unis l'ont bien saisi, qui lui ont imposé, en dépit de son refus initial, la présence de gardes du corps américains. Imagine-t-on Ahmad Shah protégé par des étrangers ? Karzaï, cultivé, agréable, apparaît comme un régent. Il gère, mais ne dispose pas. Il lui faut faire ses preuves. Abdullah Abdullah me dit sa solidarité avec lui, m'affirme sa volonté de coopération. Karzaï ne doit pas être considéré comme simplement « l'homme des Américains ».

---

3. *Le Figaro*, 11 septembre 2002.

Je refuse, quant à moi, de me laisser enfermer dans un pessimisme qui oscillerait entre la prévision du retour des Talibans, et un antiaméricanisme issu de la crise irakienne. Mon adhésion à la fondation Massoud m'oblige à m'investir encore et toujours. Du 11 au 17 juin 2003, je me rends en Afghanistan avec sept de mes collègues du Parlement européen. Mission officielle qui nous permet de nous entretenir longuement avec Hamid Karzaï et les principaux membres de son gouvernement, avec l'ancien roi Zaher Shah, Lakhdar Brahimi, l'envoyé spécial des Nations unies, ainsi qu'avec les chefs militaires de l'ISAF. Pour nous faire une opinion sur la situation en dehors de Kaboul, vérifier ou infirmer les informations selon lesquelles l'autorité du gouvernement de transition ne s'exercerait pas en dehors des limites de la capitale, le reste du pays étant livré à l'anarchie et aux exactions de seigneurs de la guerre.

Nous avons tenu à ne pas rester enfermés dans Kaboul. Nous nous rendons donc sur l'aéroport de Bagram, au PC du général américain commandant les forces de la coalition, en charge de la réduction des derniers bastions des Talibans et de la progressive démilitarisation des milices.

Nous rencontrons également le gouverneur de Kandahar, Gul Agha Sherzaï, avec la *choura*, le conseil des anciens. Et dans cet ancien fief du mollah Omar, nous recevons l'appel à la mise en place d'un gouvernement fort où les Kandaharis trouveraient une place à la mesure de leurs ambitions. Appel accompagné d'une dénonciation des ingérences non seulement du Pakistan mais aussi de l'Iran. Téhéran, en effet, entretient dans les régions frontalières des agents provocateurs panislamistes dont le prêche à la guerre sainte se mêle d'impérialisme. Depuis des siècles les Perses considèrent l'Afghanistan comme une province du Grand Iran...

Je n'ai jamais personnellement entendu Massoud stigmatiser les mollahs de Téhéran. Sa priorité se focalisait sur le Pakistan, aussi avait-il profité de la rivalité entre Talibans et chiites pour faire de ces derniers des alliés tacites. Les temps ont changé. Avec l'affaiblissement des Talibans, s'aiguisent de nouvelles gourmandises.

Sous ces influences convergentes, toujours est-il que des attaques n'ont cessé d'être portées contre les forces de la coalition mais aussi contre les représentants expatriés de l'ONU et les représentants du gouvernement de Kaboul. La plupart sont l'affaire du groupe fondamentaliste *Hezb-e-Islami* dirigé par Hekmatyâr – toujours lui – qui aurait contracté une alliance avec le mollah Omar et les éléments du groupe Al-Qaïda encore actifs dans le pays. Ces forces sont stationnées pour l'essentiel dans la zone pakistanaise des tribus pachtounes qui englobe la très incertaine frontière entre les deux pays. On dit que Oussama Ben Laden, toujours vivant, pourrait y avoir trouvé refuge.

Le président pakistanais, Parvez Moucharraf, convient lui-même que « contrôler cette région n'est pas facile avec les événements de ces deux dernières années, la zone tribale est devenue une zone de forte affluence... Nous l'avons fortifiée autant que possible. Mais si vous voulez dire que je devrais garantir tout ce qui peut franchir cette frontière... Vous devriez venir voir pour comprendre ce qui s'y passe ! Il n'y a aucune montagne comme celle-ci ailleurs dans le monde[4] ».

Les forces de la coalition en ont elles-mêmes fait l'expérience. Leurs opérations disposant des moyens les plus perfectionnés, et avec l'appui de l'armée pakistanaise, n'ont jusque-là abouti qu'à des résultats décevants.

Notre mission se poursuit avec une visite à Mazār-é Charīf, où continuent de s'affronter les forces du général Atta Muhammad, ancien lieutenant de Massoud, et du général Dostom, célèbre

---

4. Interview de J.-M. Montali, *Le Figaro Magazine*, 3 janvier 2004.

pour sa participation à la réduction sanglante, fin 2001, d'une mutinerie des prisonniers d'Al-Qaïda.

De même que les portraits de Massoud ornent la capitale et ses abords, le pouvoir se lit dans les diverses régions que nous traversons par les effigies exposées. Sitôt que les troupes tadjikes ont supplanté celles de Dostom au cœur de Mazār-é Charīf, il a fallu sortir à l'ouest de la ville pour retrouver les photos du seigneur ouzbek, que les paysans nomment avec respect *pacha* : en grand uniforme, en civil, un casque de tankiste sur la tête, ou orné d'une chapka, il règne sans partage sur Shibergan, sa capitale. À Bāmyān, les chiites arborent le portrait de Mohamad Karim Khalili, à côté de celui de son prédécesseur assassiné par les Talibans. À Herat, fondamentalisme oblige, les photos se font plus rares. Si tous les seigneurs de la guerre ont juré fidélité et loyauté au président Karzaï, les ordres de ce dernier ne sont respectés que s'ils ne contreviennent pas aux volontés locales. S'il y a une chose avec laquelle tous les Afghans sont d'accord, c'est que sans la présence de la communauté internationale, la guerre serait de nouveau au rendez-vous.

À chaque étape, nous prenons conscience du caractère aigu de ces problèmes. Pour autant, nos rencontres avec les ONG et les responsables locaux de la mission d'assistance des Nations unies nous permettent de conclure qu'en dépit des difficultés, la volonté du peuple afghan de s'en sortir offre de sérieuses raisons de ne pas désespérer, à condition de résoudre les problèmes d'insécurité qui continuent d'entraver la reconstruction ; de doter le pays d'une constitution, base d'une démocratie adaptée à ses traditions – c'est chose faite depuis le 4 janvier 2004 ; et de procéder à l'élection présidentielle dans les délais prévus par l'agenda de Bonn : au plus tard à l'automne 2004.

15

« Urgence », conclut Wali Massoud, après avoir fait le point des activités de la fondation avec moi.

Urgence, en effet que cette année 2004 pour laquelle la fondation s'est fixé trois thèmes majeurs de réflexion et propositions pour l'avenir : la sécurité ; la constitution ; la reconstruction – le testament de Massoud...

SÉCURITÉ

Il faut sortir du cercle vicieux dans lequel le pays apparaît englué : pas de sécurité, donc pas de reconstruction, de relance de l'économie ni d'emplois pour les dizaines de milliers de miliciens qu'il convient de désarmer. Pour ceux-là, la tentation est grande de sombrer dans le banditisme, ou de fournir aux nostalgiques de l'intégrisme islamique le renfort qu'ils sont prêts à payer. On a entendu des anciens combattants, à Kaboul, vivant avec quelques dollars par mois, se plaindre amèrement des gens revenus d'exil qui accaparent les bonnes places et les bons salaires, des malheureux souvent estropiés par les batailles ou les mines, réduits à la misère, dont les revendications sonnent comme des malédictions. Ceux-là, exaspérés, même s'ils n'en sont encore qu'aux paroles, menacent de vendre leur âme au diable, c'est-à-dire aux fous de Dieu.

Avec l'aide de la communauté internationale, le gouvernement de transition s'efforce de briser cette spirale par des moyens plus axés sur la reconstruction que sur l'action armée. Je ne crois pas, en effet, à l'intérêt d'une extension autre que pacifique du mandat de la Force internationale d'assistance à la sécurité. Elle est acceptée et appréciée à Kaboul, mais risquerait d'apparaître comme puissance occupante s'il lui était confié le soin d'établir l'ordre sur l'ensemble du territoire. Je crois en revanche utile et intelligent le concept d'équipes de reconstruction provinciale[1] aujourd'hui testé par les Occidentaux[2], avec le déploiement d'unités capables d'assurer leur propre sécurité, tout en réalisant les travaux indispensables à la réhabilitation des infrastructures de tous ordres. Le légionnaire que j'ai été

---

1. PRT : *Provincial Reconstruction Team.*
2. Américains, Britanniques, Allemands, Hollandais et Belges participent à ce jour à l'expérience.

n'est nullement troublé par cette mission de soldat bâtisseur, dans l'antique tradition des légions romaines, perpétuée à travers son histoire par la Légion étrangère française. Il conviendrait que le système soit étendu à l'ensemble du territoire, et que l'Alliance atlantique y investisse le plus gros de ses moyens en ne maintenant à Kaboul que les effectifs indispensables.

Comme l'observent en substance les experts de l'OTAN : même si l'ISAF peut améliorer progressivement la situation dans les environs de Kaboul, elle éprouvera des difficultés à porter son action plus loin en l'absence d'un engagement significatif de troupes et d'équipements supplémentaires. L'armée et la police nationale afghane, aujourd'hui à l'état embryonnaire, pourraient, à terme, prendre le relais, assurant dans le pays une présence légitime. Mais avant cela, la communauté internationale devra assurer des mois – et peut-être des années – de formation et d'engagement approfondi, de manière à doter les forces nationales des équipements nécessaires à la surveillance et au désarmement intérieur d'un pays aux facettes multiples et aux infrastructures très limitées. C'est à la faveur de ce déploiement commencé dans les provinces les plus calmes et progressivement étendu que pourra se réaliser le désarmement intérieur. À condition toutefois que certains héritiers du commandant (je pense en particulier au maréchal Fahim) acceptent pleinement cet élan de liberté et de réforme en renonçant à une trop personnelle jouissance du pouvoir. Ahmad Shah l'aurait exigé.

CONSTITUTION

Massoud s'est beaucoup intéressé au modèle de la confédération helvétique. À Bruxelles, il s'est fait exposer en détail les institutions du royaume de Belgique. Il en a médité la subtilité qui permet d'assurer l'union entre les communautés wallonne et flamande.

Il a toujours considéré que le peuple afghan devait être seul à décider de son destin sur la base d'un consensus démocratique.

Le 4 janvier 2004, la *Loya Jirga* a approuvé la constitution du nouvel État, proclamé officiellement « République islamique ». Au terme de trois semaines d'un débat houleux, les cinq cent deux délégués du Grand Conseil ont opté pour un régime présidentiel fort, conformément aux vœux du président Karzaï. Élu au suffrage universel commandant des forces armées et chef du gouvernement, le président sera le premier personnage de l'État. Karzaï a tenu à rassurer les opposants à ce système, notamment les minorités conduites par les chefs de guerre : « Cette constitution n'est pas le Coran, leur a-t-il déclaré. Et si, dans cinq ou six ans, la situation a évolué, la nation pourra changer ce système en l'amendant. Aucun de vous n'a perdu, aucun de vous n'a gagné. Cette victoire appartient à tout le monde. À chaque Afghan. »

Massoud l'aurait probablement pensé qui voulait une constitution adaptée à l'expression de l'islam tolérant : il appartient à l'individu, par la prière et la lecture méditée du Coran, de discerner ce que peuvent être à son égard les desseins de Dieu. Réfutant le wahhabisme, Ahmad Shah était farouchement opposé à l'établissement de la charia comme règle sociale, et encore plus hostile à l'idée que son application puisse être laissée à l'interprétation de tribunaux religieux. C'est un point essentiel qu'il convient de rappeler face aux interprétations fondamentalistes qui pour raient être tirées du texte adopté.

Reconnaissant à Zaher Shah un rôle essentiel dans la réconciliation nationale, il n'était pas partisan du rétablissement d'une monarchie, laquelle serait contraire à l'émancipation du peuple et à son accession au pouvoir. La démocratie sera initiée par la tenue d'élections générales[3]. Dans cette perspective, il envisageait un recensement, indispensable à l'établissement des

---

3. Hamid Karzaï est candidat à sa propre succession. Dans les six mois suivants l'élection présidentielle (prévue pour juin 2004, mais qui devrait avoir lieu plus vraisemblablement en septembre) se tiendront les législatives.

listes et notamment à la visibilité des équilibres interethniques. Les mouvements de population, l'évolution démographique ont été tels, en effet, au cours des trente années de guerre étrangère et civile, qu'ils ne correspondent plus aux anciennes données. Massoud se prononçait par ailleurs de la façon la plus formelle pour une égalité totale entre hommes et femmes, dont il prévoyait qu'elles soient non seulement électrices, mais éligibles. Or, la constitution précise que, désormais, les citoyens d'Afghanistan – qu'ils soient homme ou femme – ont des droits et devoirs égaux devant la loi. Les femmes obtiennent deux sièges par province dans la Chambre basse, ce qui leur assurera au minimum soixante-quatre sièges au sein d'une assemblée dont le nombre d'élus ne peut excéder deux cent cinquante. Parmi le tiers des personnalités nommées par le président à la Chambre haute, la moitié seront des femmes Dans ses rêves les plus beaux, Ahmed Shah n'aurait pu souhaiter mieux.

RECONSTRUCTION

Une grande partie des efforts de la communauté internationale portant sur la reconstruction, les orientations et les dépenses pourraient être contrôlées par des structures telles que le

Parlement européen. Nous en avions parlé, Massoud et moi, à la veille de son départ de Bruxelles. Nous échafaudions des plans aujourd'hui réalisables.

Les actions dispersées entre les organisations officielles ou non-gouvernementales et les autorités afghanes, elles-mêmes engluées dans une tradition bureaucratique héritée du communisme, pourraient être coordonnées par une Agence internationale de reconstruction, semblable à celle qui fut instaurée avec succès par la Communauté européenne au Kosovo. Dans la perspective de sa victoire, le commandant en avait retenu l'idée, observant toutefois que tout dépendrait des donateurs, et notamment des États-Unis, s'ils acceptaient de se départir de leur propension à l'hégémonie.

Lorsqu'on évoquait l'Amérique, il demandait avec un brin d'ironie : « De laquelle parlez-vous ? Celle des droits de l'homme et de la démocratie, ou celle des compagnies pétrolières ? »

Nous avons passé en revue les priorités. Il m'en a cité trois. L'agriculture, la formation et la santé : « Jadis, me dit-il, 80 % des Afghans vivaient de la terre. La guerre a provoqué le déplacement de plus d'un tiers de la population, la destruction des réseaux d'irrigation et la réduction des surfaces cultivées, sans oublier l'exode rural qui ne manquera pas de s'aggraver avec le retour de la paix. Il faudra restaurer et développer les réseaux d'irrigation détruits sous l'occupation soviétique, moderniser l'agriculture ; l'augmentation de la rentabilité et des surfaces arables devant inciter nos paysans à cultiver autre chose que le pavot. Rude question que celle-là... »

Rude question, en effet. Si, dans le cadre de leur remise au pas du pays, les Talibans ont commencé par interdire formellement cette culture, celle-ci a repris au fil des années. Les Talibans ont établi sur l'opium une taxe de *oschor*, terme religieux pour l'impôt, qui s'élevait à 10 %. Cette taxe signifiait trois choses : une manne financière, la légalisation religieuse du pavot, l'encouragement à pratiquer cette culture. On ne sera donc pas étonné qu'après leur défaite, la production d'opium en Afghanistan ait été estimée par les Nations unies à 3 400 tonnes pour 2002, chiffre qui pourrait être revu à la hausse. Si, sur les vallées contrôlées par Massoud, personne ne plantait de pavot, on ne peut en dire autant d'autres régions. Par exemple sur les terres de Dostom – grand baron de la production et du trafic qui emprunte les filières des républiques musulmanes de l'ex-Union soviétique –, nombreux sont les seigneurs de la guerre aujourd'hui liés à la mafia de Karachi. Les trafiquants offrent aux paysans des avances en cash. Le pavot est d'un rendement dix fois supérieur à celui de toute autre culture. Avantage : l'opium n'est pas une denrée périssable, il se stocke aisément. Phénomène nouveau : les laboratoires de transformation en héroïne prolifèrent sur le territoire afghan... Les Britanniques en charge du dossier ont beau multiplier les programmes d'aide à l'arrachement des plants, les paysans empochent les subventions, procèdent à quelques destructions visibles, puis recommencent sitôt que l'Occidental a tourné les talons. L'interdiction de cette culture prononcée par Hamid Karzaï ne passera donc que par l'extension de l'autorité centrale...

Pour ce qui est de l'éducation, Massoud envisageait une école primaire, un cycle secondaire et un enseignement supérieur pour les filles comme pour les garçons. L'un des phénomènes encourageants dans l'Afghanistan d'après-guerre est, en effet, la demande de l'éducation. Cependant, la faiblesse du budget n'a permis à la rentrée 2002 comme 2003 que l'intégration de 30 % des enfants en âge de scolarisation. Ce secteur nécessite une politique volontariste soutenue par la communauté internationale. L'effort devrait s'orienter dans deux directions : la formation accélérée du corps enseignant et la construction d'écoles en zones urbaines mais aussi rurales. Exemple effarant que j'ai vu personnellement lors de ma dernière mission : certaines écoles de Kaboul prévues pour deux mille élèves en reçoivent plus de douze mille.

La formation, quant à elle, nécessite un vaste programme pour les agents de l'État, et une politique de mise en place d'écoles professionnelles et de centres de formation. Là-dessus, Massoud m'a cité le Prophète : « Seuls ceux qui possèdent le savoir peuvent interpréter. »

Pour la santé, enfin, il faut multiplier les dispensaires en mesure d'accueillir hommes et femmes – dans le respect des traditions, certes, mais en veillant à ce que lesdites traditions n'aboutissent pas, comme c'est trop souvent le cas, à la privation des soins aux femmes... Le taux de mortalité infantile et maternelle en Afghanistan est l'un des plus élevés au monde. Mortalité infantile : 165 ‰. Mortalité à l'accouchement : 17 ‰. 70 % de ces décès sont liés à des problèmes hémorragiques et infectieux. Remédier à ces carences ne nécessite pas de lourdes infrastructures. L'amélioration de l'hygiène et la multiplication des centres de soins peuvent constituer les premiers éléments d'une réponse efficace. La poursuite des campagnes de vaccination est un autre élément à prendre en considération. Massoud, si attentif au sort des plus humbles, n'avait jamais cessé d'appliquer ces priorités-là, même au plus fort de la guerre, dans son Panchir.

Épilogue

De quel Afghanistan Massoud rêvait-il ? Que ferait-il aujourd'hui ? Tenant jalousement à l'indé-pendance de son pays, il affichait son admiration pour le général de Gaulle. Profondément croyant, il avait saisi les dangers du panislamisme à l'encontre du particularisme afghan. Il avouait aussi ne connaître à travers le monde d'aujourd'hui aucun régime satisfaisant qui se réclame de l'islam...

Sans doute ne se voyait-il pas en nouvel Ata-türk, partisan d'une rigoureuse laïcité, mais plus proche d'un Habib Bourguiba à l'heure de l'indé-pendance, sachant profiter de son prestige pour imposer les réformes radicales, notamment sur le statut de la femme, le code de la famille, et établir une constitution garantissant les droits des mino-rités.

« En quoi la figure du commandant Massoud peut-elle éclairer la tâche qui attend les Afghans ? »

demandait-on à Bernard-Henri Lévy à la veille d'une mission culturelle commandée par Jacques Chirac[1] : « Question difficile, répond Lévy. Mais j'ai l'impression que l'image qu'il a laissée, son exemple, le *signifiant* Massoud si vous voulez, fonctionne comme un modèle, une sorte de *surmoi* politique, empêchant les nouveaux dirigeants de déraper. Je ne veux pas l'héroïser outre mesure. Ni entrer dans cette massoudmania qu'on voit se développer en ce moment en France. Je pense juste que Massoud était un personnage lumineux. Un guerrier qui, comme il le disait lui-même en reprenant, exprès, la belle phrase de Malraux, "faisait la guerre sans l'aimer". Je sais que c'était un chef politique et militaire qui préférait la poésie à la guerre. Et je sais que ces valeurs-là pèseront lourd, et dans le bon sens, à l'heure de la reconstruction… »

Je ne doute pas, quant à moi, qu'il se trouvera sur le sol afghan des hommes dignes de son héritage. Responsable de sa venue à Strasbourg, je ne cesse de songer à l'entremêlement de nos destins. Peut-être aurait-on pu se passer de cette prise de risques. Peut-être Massoud serait-il là aujourd'hui pour tenir le rôle majeur auquel il était si bien préparé. Cette interrogation me hante Aussi

---

1. Interview Joseph Macé-Scaron. *Le Figaro*, 7 février 2002.

ferai-je tout mon possible pour aider sa famille et ses héritiers à diffuser le message qu'il m'avait confié lors de nos tête-à-tête.

C'est sur cet engagement que je l'ai laissé, lorsque j'ai quitté le mausolée qui dominait sa vallée du Panchir. Lui, l'homme de lumière, pareil à celui qui fut décrit par Rūmī, le poète qu'il aimait tant :

> Un cavalier mystérieux est passé, un nuage de poussière s'est levé.
> Il est parti, mais le nuage de poussière est resté.
> Regarde droit devant toi, pas à gauche à droite :
> Sa poussière est ici : l'homme est dans la demeure de l'éternité.

Pour entrer en contact avec
la fondation Massoud :

Massoud Foundation
Shashdarak
Club-e-Askari St. House # 206
Kabul
AFGHANISTAN
Email : massoud_foundation@yahoo.com

Table

Pour en savoir plus
sur les Presses de la Renaissance
(catalogue complet, auteurs, titres,
extraits de livres, revues de presse,
débats, conférences…),
vous pouvez consulter notre site Internet :

www.presses-renaissance.fr

Composé par Nord Compo
à Villeneuve-d'Ascq

Impression réalisée sur CAMERON par

BUSSIÈRE CAMEDAN IMPRIMERIES

GROUPE CPI

à Saint-Amand-Montrond (Cher)
en mars 2004
pour les Éditions Presses de la Renaissance
12, avenue d'Italie
75013 Paris

N° d'édition : 0/02. — N° d'impression : 041010/1.
Dépôt légal : février 2004.
Suite du 1ᵉʳ tirage.

Imprimé en France